U0110391

茅盾研究八十年書系

錢振綱・鍾桂松◎主編

孔海珠、王爾齡◎著

茅盾的早年生活

花木蘭文化出版社

國家圖書館出版品預行編目資料

茅盾的早年生活／孔海珠、王爾齡 著 — 初版 — 新北市：花木蘭文化出版社，2014〔民 103〕

目 2+158 面；19×26 公分

（茅盾研究八十年書系；第 11 冊）

ISBN：978-986-322-701-4（精裝）

1. 沈德鴻 2. 傳記

820.908 103010226

中國茅盾研究會《茅盾研究八十年書系》編委會

主　編：錢振綱 鍾桂松

副主編：許建輝 王中忱 李 玲

特邀顧問：

邵伯周 孫中田 莊鍾慶 丁爾綱 萬樹玉 李 岫

王嘉良 李廣德 翟德耀 李庶長 高利克 唐金海

ISBN-978-986-322-701-4

茅盾研究八十年書系

第十一冊 ISBN：978-986-322-701-4

茅盾的早年生活

本書據湖南人民出版社 1986 年 8 月版重印

作　　者 孔海珠 王爾齡

主　　編 錢振綱 鍾桂松

總 編 輯 杜潔祥

副總編輯 楊嘉樂

編　　輯 許郁翎

出　　版 花木蘭文化出版社

社　　長 高小娟

聯絡地址 235 新北市中和區中安街七二號十三樓

電話：02-2923-1455／傳真：02-2923-1452

網　　址 http://www.huamulan.tw 信箱 hml 810518@gmail.com

印　　刷 普羅文化出版廣告事業

初　　版 2014 年 7 月

定　　價 60 冊（精裝）新台幣 120,000 元

版權所有・請勿翻印

茅盾的早年生活

孔海珠、王爾齡 著

作者簡介

孔海珠，浙江桐鄉烏鎮人。1942 年 12 月出生。孔另境長女。中國作家協會會員，中國茅盾研究會常務理事，上海社會科學院文學研究所研究員，上海孔子文化專業委員會副主任，烏鎮孔另境紀念館名譽館長。

1979 年起發表作品，主要從事中國現代文學史研究。出版有《痛別魯迅》、《左翼・上海(1934 ～ 1936)》、《聚散之間——上海文壇舊事》、《沉浮之間——上海文壇舊事二編》、《霜重色愈濃・孔另境》、《血凝早春・柔石》、《于伶傳論》、《茅盾和兒童文學》等二十餘部。

王爾齡，1931 年出生於江蘇吳江。上海作家協會會員。曾任上海社會科學院文學所現代文學研究室副主任，碩士研究生導師。長期從事中國現代文學研究，主要研究魯迅，兼及魯迅同時代人。著有《談〈上海的早晨〉》、《讀魯迅舊詩小札》、《魯迅作品難句解》，《郭沫若文學傳論》（合著），《中國文化常識》（主編）等，論文及考證文章近兩百篇散見學術報刊。部分作品集爲《守拙品眞》、《意眞雜文》、《晚晴自珍》出版。

提　　要

這是一本描寫、考索茅盾早年生活的斷代傳記。敘事之間隨文作相關考論。這本小書要傳述的是茅盾八十五年（1986 ～ 1981）中最初二十年歲月。通過對一位偉大作家的青少年時代成長的環境，他誕生的地方的實地查考，從留存的文獻史料，傳主的回憶錄，以及同時代人的回憶文章，尤其是最新在家鄉烏鎮發現的茅盾少年時代的文稿，爲我們提供了佐證——茅盾的早慧和勤奮，使少年懷志的他遂願成才。

可以認爲，茅盾的思想信仰的形成和文學修養的錘鍊都肇始於這個時期。這是值得窺探的人生「第一階段的故事」。

目次

茅盾讀過書的植材小學校門

茅盾讀過書的立志小學課堂外景

沈家的客堂

茅盾小學時代的作文本封面

茅盾小學時代的作文本內封

茅盾小學時的作文手跡及教師評語

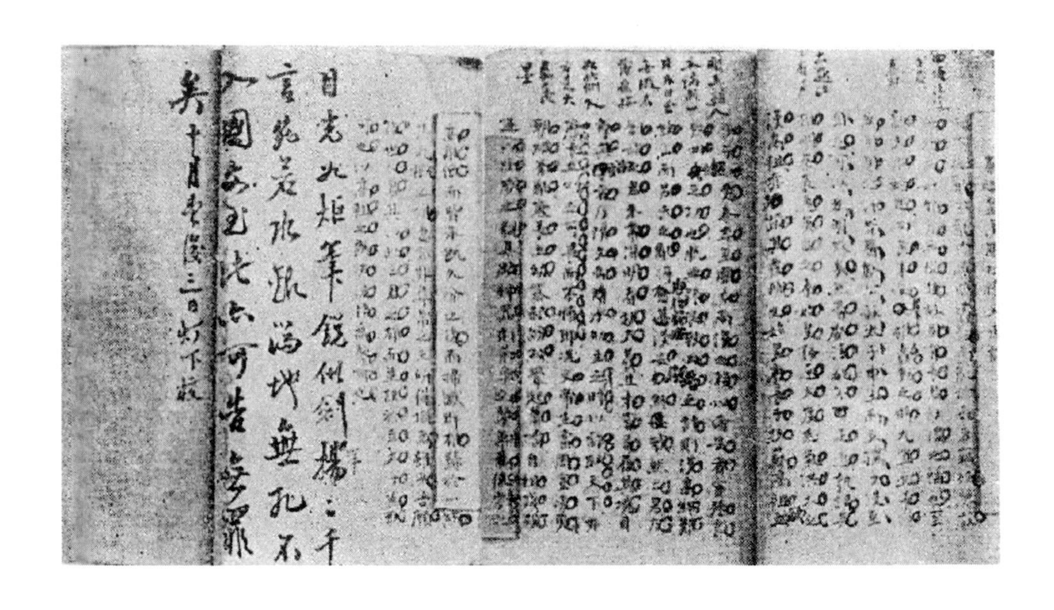

茅盾少年照片

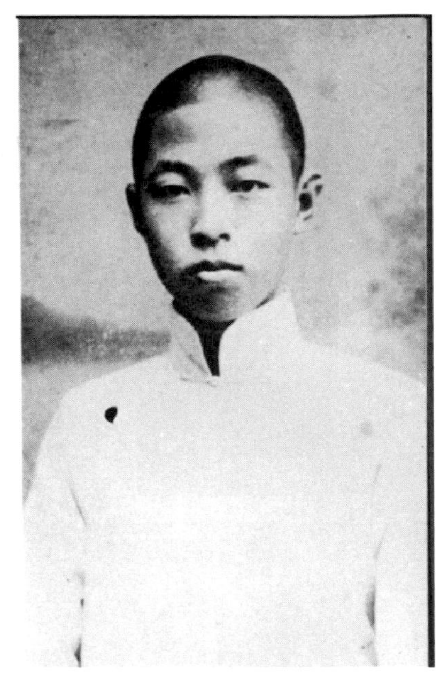

引 言

茅盾，很早就以文學家名世。但他不僅僅是一個文學家，也不僅僅是一個偉大的作家。早在青年時代，他就以無產階級革命家現身，並且終生不懈地從事革命工作，爲無產階級事業而不倦鬥爭。

如果說，從民主主義到馬克思主義是他一生道路的概括，那麼，從啓蒙主義到社會主義就是他的文學活動的歷程。我們這本小書，要傳述的是茅盾八十五年（1896～1981）中的最初二十年歲月。我們研究了目前所能找到的史料，包括他自己的回憶錄、遺存至今的文獻和資料，以及他的同時代人回憶文章，認爲應當盡自己的綿力把他成才的基礎階段作系統性的傳述。

我們不必諱言他的早慧。早慧，再加上他的勤奮，使少懷大志的茅盾造就成才。進入青年時代以後，他在思想上建立了馬克思主義的信仰，文學上也趨於成熟。信仰的趨歸、文學的貢獻，固然是他青年時代的猛進的花果，但少年時代的步履也是不可忽略的研究內容。可以認爲，思想和文學修養肇始於這個時期。因此我們把傳述的下限定在一九一六年茅盾跨進商務印書館的時候。

茅盾生平的「第一階段的故事」，也許是大部頭的傳記容易處理得簡略的地方。我們要致力於此，當然會遇到不少困難。有些事跡不甚了然，有些年代還有歧說，這就必須作一番考證。否則，就難下論斷；縱然寫下論斷，也是如同建立在沙灘上一樣。當然，茅公爲我們留下了回憶錄《我走過的道路》，這是首先應當學習、研究的；但是，這本回憶錄在憶述童稚生活時，還有不夠詳細的地方，間或還有失記、失考。我們希望盡可能做到信實，對某些現在還不能確鑿寫明的事情，就只能待考。至於錯誤、失考、疏漏之處，希望讀者給予指正。

第一章　在這樣的時代誕生在這樣的地方

一八九六年七月四日，即清光緒二十二年（丙申）五月二十五日，在浙江省桐鄉縣烏鎮一個姓沈的經商人家誕生了長曾孫。報喜的電報發到了遠在廣西梧州的曾祖父手裡，曾祖父回信中給取了名，譜名德鴻，小名燕昌。這，就是後來成爲一代文學宗師的茅盾。

譜名是按照大家族排行取的。依他們沈家的排行，他的父親一輩的譜名，中間一字是永字，下邊一字是金旁的字，茅盾的父親名永錫，取《詩經》:「孝子不匱，永錫爾類」之義。茅盾一輩是德字排行，下面一個字要用水旁，因爲按五行次序，金下是水。這個譜名，是在這樣的限定下起的。譜名通常就是學名，小名本是家庭裡用的（也擴及親戚間），但他的這個小名卻從來沒有用過。

其實，他的譜名也並不很爲人知，可以說，他後來是「以字行」的。許多傳記材料都說他「字雁冰」，這不能說錯，因爲茅盾自己也是這樣寫的。〔註1〕但雁冰是他後來的改字，初字雁賓，這有他至今存留的少年時《文課》〔註2〕上所鈐的自刻名章「沈德鴻」「德鴻」「雁賓」可證。我們還可以舉出一個旁證:《禮記・月令》:「鴻雁來賓，雀入大水爲蛤。」〔註3〕前人取名、

〔註 1〕茅盾《自傳》，見《中國現代作家傳略》，四川人民出版社 1981 年第 1 版第 39 頁。

〔註 2〕《文課》是茅盾小學時的作文本，近年在他的故鄉發現，由桐鄉縣文化局珍藏。這是迄今爲止所知的茅盾最早手稿，下面我們還要談到。請參閱本書附錄的《茅盾少年時代〈文課〉考論》。

〔註 3〕這一句的讀法歷來不一致，有人以爲「賓」字屬下，讀爲「鴻雁來，賓雀入

字，文義往往互相關涉，以鴻爲名（德字屬排行，可以不計在內），宜以雁賓爲字。孫中田《茅盾筆名（別名）箋注》說：「雁冰是茅盾的字」，「雁賓，即雁冰之諧音異體。」〔註4〕恐怕是說倒了。

茅盾，是他從一九二七年開始使用的筆名；這個筆名終於成爲他一百多個筆名中通常所用的一個。

茅盾誕生的地方，是江南水鄉中一個習見的市鎮。茅盾在《我走過的道路》（上）一書中這樣敘述它的歷史沿革：

> 這個鎮，歷史古老。據說春秋時爲吳疆越界，吳駐兵於此以防越，故名「烏戍」這大約是公元前五〇五至四九六年的事。……地當水陸要衝，自秦、漢以來，歷朝皆駐兵於此以防盜匪。唐朝咸通年間始正式稱爲鎮。明朝則駐兵烏鎮防倭。
>
> 早在六朝以後，以橫貫市區的本溪（俗稱市河）爲界，分爲二鎮，河西爲烏鎮，河東爲青鎮。清朝順治二年以烏鎮屬湖州府烏程縣，青鎮屬嘉興府桐鄉縣，設烏青鎮同知一員；青鎮另設巡簡一員。

所述簡明扼要，一目了然。唯烏、青分屬兩縣，並不自清朝初年開始。明朝李樂《見聞雜記》：

> 荒鎮建館之地，一河相距，其東曰青鎮，隸桐鄉；西曰烏鎮，隸烏程。

李樂是嘉靖時進士，烏鎮人，曾在萬曆時參與重修《烏青志》，對當時鄉土行政歸屬，當不誤。那麼，清初分轄，乃是沿承明代舊制。烏、青鎮雖然如此分屬，但當地人仍把它視爲統一體，甚至鎮志也合在一起，稱爲《烏青志》。茅盾在三十年代初曾說，這是一個「歷史」的鎮：

> 據《鎮志》，則宋朝時「漢奸」秦檜的妻王氏是這鎮的土著，鎮中有某寺乃梁昭明太子蕭統偶居讀書的地點，鎮東某處是清朝那位校刊《知不足齋叢書》的鮑廷博的故居。（《故鄉雜記》）

這裡所說的昭明讀書處，在鎮西，寺已不存，僅遺留「梁昭明太子同沈尚書讀書處」的石刻，沈尚書即著名的聲律學家沈約。這塊記錄了「六朝遺勝」的刻石，據傳是明代所鐫。

大水爲蛤」，賓雀即老雀；也有以爲「賓」字屬上，「鴻雁來賓」，謂雁自北而南，如作賓客。通常讀法如後者。「雀入大水爲蛤」的說法則不合自然現象。

〔註4〕《論茅盾的生活與創作》附錄二。百花文藝出版社1980年5月第1版第335頁。

清朝中期，烏鎮就蕃庶了：

> 清朝乾、嘉時代，烏青兩鎮最爲繁盛。市街店肆售同樣物品者集於一處，市街即以是分類得名，例如衣帽街、柴米街之類。此在當時，只有省會或大的府城，才有此規模。（茅盾，《我走過的道路》（上））

咸豐、同治間，這個因交通四通八達而成爲兵家必爭之地，卻又無險可守的烏青鎮，大受戰事影響。「太平天國曾駐軍烏鎮，後來清兵收復烏鎮時，兩軍相持，互相攻守，加以清兵焚掠，烏鎮市廛大半被毀，青鎮也受嚴重破壞。到光緒年間，青鎮已恢復十之八九，烏鎮卻只恢復十之三四。市中心（商業區）在河東（青鎮），隔河一片荒涼，只有零星孤立的民房，並無商店。」因此說：

> 太平天國軍與清兵攻戰後，就再也恢復不了舊時面目。然而就其區域之廣，人口之多，商業和手工業繁榮之程度而言，仍然非一般縣城所能及。這是因爲烏青鎮處於水陸要衝，爲兩省（江蘇、浙江），三府（湖州、嘉興、蘇州）、七縣（烏程、歸安、崇德、桐鄉、秀水、吳江、震澤）交界之地，……水道交通，到嘉興四十五里，到湖州百里，到杭州一百二十里，到蘇州亦一百二、三十里，商賈往來，必經此路。〔註5〕

茅盾故鄉的蕃庶，他自己曾經屢屢言及。人口數字，幾次說法有所不同。一九三二年所作的《我的小傳》裡寫的是「十萬人口」：

> 我……生於（浙江省桐鄉縣屬）一個十萬人口的小鎮。

稍後，在《故鄉雜記》裡說：

> 這是五六萬人口的鎮，繁華不下於一個中等的縣城……

後來在抗戰勝利之初寫的《我怎樣寫〈春蠶〉》一文裡又說：

> 我的故鄉雖然是十萬人口的大鎮，可是市街之外就有桑地。

何以有此不同呢？有的同志如此解釋：「據瞭解十萬人口指烏鎮與青鎮兩鎮人口」〔註6〕的合計。

然而，縱然是「烏鎮與青鎮兩鎮」合計，也沒有這麼多。因爲至今也並無十萬之眾（現在的烏鎮，自然不會被認爲不包括原先的青鎮在內了），而全國人口總數現在已是清末的一倍有餘。其實，茅盾的關於故鄉人口數的說法，

〔註5〕《我走過的道路》（上）。這裡所說的府縣建置是清末情形。滬杭鐵路建成後，它便無以前的繁榮。

〔註6〕莊鍾慶《茅盾的創作歷程》第1頁註1，人民文學出版社1982年7月第1版。

本來只是得之於故鄉人士的傳說，而這種傳說又往往是「毛估估」。茅盾晚年寫《我走過的道路》時，就沒有再寫人口數字。

清末的烏青鎮人口數，我們固未查得，但我們查到了桐鄉縣一九三六年的一個統計材料，

> 桐鄉縣……全縣面積，約華畝五五三〇二六畝，計耕地佔百分之八十，山地百分之六，居住地百分之八，荒地百分之六（據該縣清丈後統計），全縣共分六區，二十六鄉鎮，……三九七六〇户，一五八九八六口，人口密處，每方里爲九一五二口。〔註 7〕

那時的這類統計不會確切，但總比較接近於實際數目。由以上統計表明：當時全縣人口不到十六萬，烏鎮一鎮自然不可能佔全縣人口三分之一（「五六萬」），更不可能佔三分之二（「十萬」）；「人口密處」每平方里（華里）是九十一人半稍多一點，如果「有五六萬人口」，按照這個人口密度計算，就得有五百平方華里左右的面積，烏鎮自然沒有那麼大。

抗戰前夕，我國人口數字與清末相較，增加不大。〔註 8〕戰前烏鎮人口，若以全縣六分之一計，就是二萬六、七千人；這個數字，庶幾近之。這裡還應說明：戰前行政轄區上雖把鄉與鎮分開，但是人們習慣上仍把鎮周圍的「四鄉」都算在這個鎮的範圍內；桐鄉「全縣共分六區」，烏鎮及其「四鄉」人口佔六區之一，也就不足爲奇。傳說往往容易誇大，這大約就稱之爲「五六萬」「十萬」的來由。

至於茅盾所說的「繁華不下於一個中等的縣城」，還是就一般而言的，如與僻遠地區中等縣城相比，則有過之而無不及。即使和桐鄉縣城相較，也差得有限。

茅盾，就出生在這個鎮的中市觀前街的一所四開間、名爲兩進的「騎馬樓」〔註 9〕樓房裡。觀前街按說在青鎮上，但烏、青二鎮不僅「外地人仍統稱

〔註 7〕白流編著《東南》，第 186～187 頁。無出版者名稱、無版權頁。扉頁印：「民國二十五年九月出版」。有書序兩篇，序二說此書材料係「趁視察新運之便」而得。「新運」即「新生活運動」，據此可知是國民黨官方編印。

〔註 8〕清康熙五十一年（1712）規定「嗣後所生人丁，免其加增錢糧」，由是我國人口突破一億大關。自此以迄清末，增加到四億；而抗戰前，一般說法爲四億五千萬。以戰前人口推測清末，除特殊情形外，相差不大。

〔註 9〕所謂「騎馬樓」，就是中間一個天井、四面建成樓房，而這樓房，底層全可走通，二樓亦然（當然有門隔開），如同騎馬可以走一圈一樣。這所樓房，是茅盾的曾祖父手裡購置的，當時四代聚居。原屋現今仍在。

爲烏鎭，青鎭人亦自稱爲烏鎭人，只在塡寫履歷時用青鎭」。〔註10〕過去有的書上寫他是青鎭人，有的則記爲烏鎭人；對此他回答說：「都不錯。」〔註11〕

茅盾出生的時候，中國正處在風雨飄搖之中。

茅盾誕生的上年，中日馬關條約簽訂。這是近代史上又一個不平等條約。自從鴉片戰爭簽訂南京條約以來，中國社會發生了根本變化。中國的主權被蹂躪了，中國封建經濟遭受外國資本主義愈來愈嚴重的破壞和控制，中國社會開始轉化成爲半殖民地半封建社會。從此以後，中國社會的主要矛盾，除了原有的封建主義和人民大眾的矛盾以外，又加上帝國主義和中華民族之間的矛盾，後者也就是最主要的矛盾。中日甲午戰爭和馬關條約以後，帝國主義侵略勢力像洪水一般沖進中國，它們的金融資本已經不以對中國進行商品傾銷爲滿足，進而要求直接控制中國領土，以取得資本輸出的最大利益。

茅盾誕生後兩年，發生了戊戌變法的維新運動。這個運動具有救亡圖存和抵制人民革命的雙重性質，但變法主張的公開提出，在當時所起的，主要是積極的政治影響。變法維新雖然失敗了，但是，當康有爲一派進行改良變法運動時，以孫中山爲首的革命派的資產階級革命運動發展起來了。中國的民族、民主革命正在推進。

在十九世紀的最後幾年，以及二十世紀初期，文化思想上開始出現的新學影響也在擴大。「那時的所謂學校、新學、西學，基本上都是資產階級代表所需要的自然科學和資產階級的社會政治學說（說基本上，是說那中間還夾雜了許多中國封建餘毒在內）。在當時，這種所謂新學的思想，有同中國封建思想作鬥爭的革命作用，是替舊時期的中國資產階級民主革命服務的。」（毛澤東：《新民主主義論》）

外國帝國主義侵略的黑影沉重地壓在舊中國身上，小小的烏鎭自然也蒙受著憂患。這，也對茅盾的家庭發生著影響。

〔註10〕此事參見茅盾在1965年答覆王爾齡的信。（後按：原信錄載新版附錄三。）
〔註11〕《我走過的道路》（上）。

第二章　童年生活

一、家庭環境

茅盾出生在一個四代同堂的大家庭裡。

「他的祖先，本爲農民；太平天國起義的時候，開始在鄉鎮上爲小商人；『太平天國』的戰事蔓延到江、浙的時候，他的曾祖父帶著家小避難到上海，不久又到了漢口，就在漢口經商。後來又捐了官，到了廣東、廣西去做了幾年官，從此就變成半官半商的家庭。」〔註 1〕曾祖父沈煥，字芸卿，六十一歲時得長房曾孫——沈德鴻，那時他在梧州任稅關監督。一年後任職期滿，自感年老體衰，於是告老還鄉，結束了三十二年的仕宦客居生活，回到故鄉和家人團聚。到這時候，曾祖父才見到一歲有餘的長曾孫德鴻。他是靠自我奮鬥，走南闖北，打開局面的老人，他支撐的這個大家庭可謂是蒸蒸日上。他把賺到的錢匯到家鄉買地、置房、開店。雖然規模並不算大，但在烏鎮至少已經是小康之家了。芸卿公故世時，茅盾才四歲，對他印象不深，但曾祖父的創業史在他少年時代就耳濡目染，尤其是喪父之後，他母親口裡說得很多，意思無非是鼓勵孩子將來也能創業，走奮鬥的道路。

芸卿公本來希望自己的兒孫能從科舉中發跡，正式做個紳縉。所以，從茅盾的祖父以來，就是「讀書人」了。但是，祖父沈恩培（字硯耕）從事舉業不肯下苦功，鄉試六七回，都沒有中式；始終只是個秀才。對此，他當然很失望，晚年就只是過著悠閒的生活，不再督促兒孫的舉業了。

〔註 1〕《茅盾小傳》，載《文獻》第 11 輯。此文是茅盾於 1936 年初應史沫特萊之請而寫的，用第三人稱。

他的生活很有規律，每日上午，或去本地紳士和富商常去的「訪盧閣」飲茶，或到西園拍曲（即練習唱崑曲）。午睡後，到友人家中打小麻將或聽說書。他的書法出眾，人們都盛讚他的翰墨具有工整而圓潤的獨特風格。他應同鄉之請寫過不少匾額、堂幅、館號、市招。烏鎮至今還仍能見到他書寫的商店招牌。而且喜歡自撰自寫對聯，藉以自娛。也代人寫對聯，但都不落款。除此以外，他還愛調絲弄竹，吹得一口好洞簫。是個樂天派。

祖父很喜歡長孫德鴻，常常抱著在鎮上轉，以後又經常帶到鄰近的商店（有紙紮店、廣貨店、鞋帽店等）訪友敘談，或帶他去「訪盧閣」飲茶、西園聽曲。茅盾的祖父和孔繁麟（茅盾夫人孔德沚的祖父）是很知己的朋友。那時，他們都帶著長孫和長孫女去飲茶和聽曲，就在這種情況下，沈家和孔家談起聯姻的事。當時茅盾才五歲，孔德沚才四歲。

說起這聯姻的事，還有一段插曲：

「原來沈孔兩家，在上一輩就有共修姻緣之交的心意。沈家有個兒子，孔家有個女兒，雙方的父母說定要給他倆成婚，結爲夫妻，可是沈家把孔小姐的生辰帖子要去，請算命先生一算，說是聯姻不得，有沖剋。婚事也就吹了。這件事傳到孔小姐的耳裡，她身體素來羸弱，受不住這沉重的打擊，竟一病不起，嗚呼哀哉。從此沈家總覺得十分內疚，好像欠了孔家一筆『債』似的。」〔註 2〕如今，在孫兒一輩有現成的一對，於是，由沈家主動提出，得到孔家同意，終於不再卜吉問卦了，給他們訂了婚。

茅盾的曾祖父去世後，老三房（曾祖父生有三兒一女）分家，茅盾的祖父是長子，分到的是一爿「泰興昌」紙店。但，他不善於經營，便委託經理負全責，自己不去干涉店中業務，倒也過得去。

「泰興昌」紙店，開在青鎮熙和坊南端鬧市區，離茅盾家住宅的觀前街不遠。紙店出售紙張、簿摺，兼營錫箔，店內又附有刊字櫃，印刷描紅紙，用手工操作，在當地是一家頗有影響的紙店。茅盾小時候有機會接觸和觀察街市上各類店鋪的商業活動情況和社會風習，較多地瞭解和熟悉小市鎮上的老闆、店員、學徒、顧客、農民等各色人物的生活，這爲他以後寫作《林家鋪子》等作品提供了最初的生活準備。

二十世紀初，隨著外國資本的侵入，機器印刷業興起，擠掉了手工印刷，泰興昌紙店營業逐漸清淡了；同時由於滬杭鐵路建成，這個市鎮在交通上的

〔註 2〕金韻琴《記茅盾和孔德沚二三事》，載《隨筆》第 21 期。

作用減少，就遠沒有以前繁榮了，這時，紙店收入不夠全家用度；茅盾的父親是內科中醫師，他以行醫收入補充家用。可是，茅盾的父親不久就生病臥床，他逝世時茅盾還只有十歲。茅盾的祖父本來是「樂天」派，此時也就再也不能那麼「樂天」了。一九六二年一月二十七日茅盾給翟同泰同志的信中曾有過介紹：

> 祖父（當我十歲時）因欲維持一家生計，（那時，我的三個叔叔，二個姑母都未成年），就傭於某當鋪，（在崇德縣石灣鎮），直至他死，約二十來年之久。〔註3〕

崇德縣石灣鎮即是豐子愷先生的家鄉。（現稱石門鎮，和烏鎮同屬桐鄉縣。）離烏青鎮並不遠，一水可通，但畢竟交通不便，不能早出晚歸，所以沈恩培住在店裡。「二十來年之久」的「就傭」生活，是很漫長的，正是因爲家庭經濟拮据，才使這位「讀書人」從商，想來也是件辛酸的事。

茅盾的祖母高氏，母家在離烏鎮百里的高家橋，她是大地主的小女兒。高氏的母家，在太平軍攻浙時，全家逃難後杳無音訊，估計是在兵火中遇難。祖母是個守舊而迷信的人，她贊成祖父在家安分守己的過日子，對祖父的沒有中舉也不以爲意。對兒孫進學校念書則抱反對態度。比茅盾長四歲的四叔，已經進了縣立小學，仍被迫輟學。茅盾念小學的時候，祖母和二姑母也常說：「該到我家的紙店做學徒了。」茅盾的母親受到了這樣的壓力，但沒有屈從。

茅盾的父親名永錫，字伯蕃，十六歲中秀才，這使得他祖父非常高興，嚴厲督促他攻讀八股文，希望能夠連捷，中個舉人，以光耀門庭。但伯蕃公並不熱衷科舉，倒是一個講究實際的明白人，他知道再也不能像他父親那樣靠祖業吃現成飯了。他們兄妹六人，祖業也沒有多少可分，必須自謀生計。於是，在訂婚之後，他向岳父——著名中醫陳我如學醫。學醫是這位在兄弟行中居長的伯蕃公的職業訓練，但他的興趣並不限於此。「茅盾的父親卻是個喜歡活動的人，小時也是做八股文的，也應過鄉試。但是中日戰爭後中國的『維新運動』卻激起了他。從此他就厭惡八股文，自修起『新學』來。」（《茅盾小傳》）

當時，在一般人看來，要懂「新學」，就必須懂得數學；數學好，就是「新學」根基好。伯蕃公既然崇尚新學，便自習數學。他還用竹片自製了一副算籌，十分精緻。自修數學到微積分的程度，並讀了不少新出版的科學書

〔註3〕《茅盾同志答問（上）》，《文教資料簡報》1981年第6期。

和政治書。而這一切，又是在學醫期間進行的，「所以當茅盾出生的時候，父親是一個『維新派』，贊成君主立憲政治，也贊成『西學爲用，中學爲體』。」（同上）還計劃出去見世面，到上海、杭州、蘇州，甚至還想到日本去留學。事實上，這個計劃是行不通的。當時，茅盾的曾祖父尚在，自修「新學」也只能「偷偷學習」，到日本去簡直是「非分之想」。於是，伯蕃公只能滿足於購讀新書，汲取新知識。茅盾的母親支持了他，動用陪嫁墊箱銀元，讓他買書，「根據上海的《申報》廣告，買了一些聲、光、化、電的書，也買了一些介紹歐、美各國政治、經濟制度的新書，還買了介紹歐洲西醫西藥的書。」（《我走過的道路》（上））伯蕃公雖然自己並沒有什麼作爲，但是他較早接受了資產階級民主主義思潮的影響，他的追求維新的開明思想，使幼小的茅盾生活在一個比較開通的家庭裡，並且得到良好的家庭教育。

他正值壯年，卻患了骨癆。這個病在當時是不治之症。起初，還每天從床上掙扎起來，坐在房中窗前讀書，以後只能躺在床上看書，還需他的夫人把書翻開豎著給他看，因爲他的手已經不能動了。這種頑強的讀書精神給少年茅盾留下了深刻的印象。

在茅盾十歲的時候，「父親知道自己的病不能好了，又見於家中（那時負經濟責任的，還是茅盾的祖父）人口多（茅盾有很多的叔父和姑母），進款少（只靠著祖傳的一份不大的產業），於是他在臥病的三年中天天爲他兒子的將來生活打算；他恐怕自己死後他父母不讓那小孫子繼續在學校讀書（因爲茅盾的祖母很不贊成學校），所以他便立了遺囑，聲明他的兩個兒子（茅盾和他弟弟）一定得進學校學習工藝，『因爲』，他說，『不久中國要大亂，那時唯有學會了西洋工業技術的人，能夠謀生』。父親又聲明：培植兒子們讀書的費用不必老祖父擔負，因爲茅盾的母親有一份小小的嫁資。」（《茅盾小傳》）臨終前留下了「沈伯蕃口述，父硯耕筆錄」的一份遺囑，要兩個兒子學理工科。〔註 4〕

茅盾的母親陳愛珠遵循伯蕃公的遺囑，要把兩個兒子培養成實科人才。她將「一份小小的嫁資」一分爲二，對兩兄弟說，「每人一份，是供你們念書

〔註 4〕在清末，人們把理工科稱爲實科。宣統元年，學部大臣曾上奏摺，奏請「變通中學堂課程分爲文科實科」招生。嘉興府中學堂在宣統二年招一年級新生便正式按文科、實科招考，文科注重文、史、哲學，實科注重數、理、化學。實科這個名稱，到民國初年還有人沿用。

用的，誰先用完就得求職。」對茅盾要求更高，要他做弟弟的楷模。

母親陳愛珠，出身書香門第，是位有才幹、有見識的女子。她四歲時被送到姨夫王秀才家裡教養。秀才夫妻愛她如同親生。六、七歲開始在姨夫設立的私塾裡讀書。直到十四歲，才被接回自己家裡。這時她已學會了讀、寫、算，還念了不少古書；對縫紉、做菜之類的『女紅』也很拿得起來。由於陳母有腦病，因而很早就由她管起家來，十四歲就居然管得井井有條。出嫁以後很受她丈夫的影響，喜歡看書讀報，對時事政局頗有見解。尤其突出的是她決心送兩個孩子到外埠求學，計劃把他們一直培植到大學。這個行動，在這小小鎮上「不但是破天荒的舉動，有些人還認爲是不可解的荒謬舉動。她不管人家背後的議論，她也不理族中人的勸阻，這種大膽的作爲，簡直可說是鎮上的第一人。」〔註5〕

茅盾就生在這樣的家庭裡。這個四世同堂的家庭本身是在變化著，對他的期望也是在變換著。曾祖父希望兒孫走科舉「正途」；無妨認爲，當他喜獲曾孫的時候，這種希望又延及第四代，但是他無法見到第四代所走的道路，祖父把通過「正途」「重振家聲」的希望寄託在伯蕃公的身上，只是因爲他自己舉業無望、不得不以秀才的身份在商業上謀出路，維持越來越艱難的家計；而在伯蕃公壯年遽逝以後，對茅盾採取了任其自然的態度，祖母卻希望他當學徒以便將來守住一爿紙店；伯蕃公生前熱心於新學，希望茅盾在這方面發展，繼承父志。然而，無論曾祖父所望的渺遠、祖母所望的切近、父親所望的趨時，都沒有軌範茅盾。儘管父親的遺囑，對他起過制約作用，也終於沒有限制茅盾自己的才智向著他適宜的方向發展。

這裡起著重要作用的是他的母親。她「誓守遺言，管教雙雛」，決心傾其所有，培植兒子，讓他們進新學堂。這在當時已經是難得的驚人舉動了；尤其可貴的是她並不死守遺囑，而是悉心教子，勵其志，勉其學，任其發揮優長，這更是表現了她的才識。

如果要說家庭的影響，那麼祖母使他有機會接近農民，父親使他接觸新學、受到開明思想的薰陶，母親更使他得到言教身教。直到晚年，他還說：「幼年稟承慈訓而養成之謹言愼行，至今未敢怠忽。」（《我走過的道路》（上））當然，這還只是就一方面而言；他得之於母親的，是多方面的影響。

〔註 5〕孔另境《一位作家的母親》，見《庸園集》，上海永祥印書館 1946 年版。

二、蒙　學

茅盾的第一位啓蒙老師是他的母親。

五歲那年，母親想讓茅盾進家塾讀書。那時，家塾執教者是他的祖父。但是，「父親不贊成祖父教的內容和教學方法。祖父教的是《三字經》、《千家詩》這類老書，而且教學不認眞，經常丟下學生不管，自顧出門聽說書或打小麻將去了。」(《我走過的道路》(上)) 於是，乾脆不讓茅盾進家塾，而要茅盾的母親在臥室裡教他。用新的教材，是上海澄衷學堂的《字課圖說》，以及從《正蒙必讀》裡抄下來的《天文歌略》和《地理歌略》。他母親還依《史鑒節要》，從三皇五帝開始，用淺近的文言，編一節，教一節，作爲歷史讀本。這就是由他父親安排的「新學初階」。

可是，學習「新學」並不那麼愉快。茅盾以後在回憶這段時間的學習生活時說：「這幾本書給我幼小的腦筋以許多痛苦，想來不下於我的叔叔們所讀的《大學》、《中庸》。」(《我的小傳》) 甚至還認爲，「他最初的教育……完全是舊式的。」(《茅盾小傳》) 這就違背了父親的初衷。

在茅盾七歲那年，祖父嫌教家塾是個負擔，把這個擔子推給了茅盾的父親，那時他參加鄉試回來，正好有空閒；雖有低熱，而尙未病倒。他一面行醫，一面教家塾。於是，茅盾也進了家塾，由父親親自教「新書」，而同在家塾受教的幾個小叔子仍舊學老課本。父親的教學是，每天親自節錄四句《天文歌略》要茅盾讀熟，並說：「慢慢地加上去，到一天十句爲止。」而茅盾卻慢慢地縮下來，每天讀熟兩句還勉強。這件事，惹得父親十分煩惱，而茅盾則產生了對新學的「既害怕而又憎惡」的情緒；直至進了小學，才感到是個「解放」，因爲小學的「課程都比《天文歌略》容易記，也有興味，即使是《論語》吧，孔子和弟子們的談話無論如何總比天上的星座多點人間味。」〔註6〕

伯蕃公課子不到一年就病倒了。臥病在床還時常託人去買新出的算學書來，並以他所酷嗜的算學教授茅盾，要他從小打好根基，可是使他納悶的是少年茅盾對算學是那樣的「不近」。他哪裡知道自己的手已經不能動彈，單靠口說，怎麼能叫受學的兒童弄得懂呢？

這時，家塾仍由祖父來教。茅盾被送到一個親戚辦的私塾中去繼續念書。塾師是茅盾曾祖母的侄兒王彥臣。「王彥臣教書的特點是坐得住，能一天到晚盯住學生，不像其他私塾先生那樣上午應個景兒，下午自去訪友、飲茶、打

〔註6〕茅盾《我的小學時代》，載《宇宙風》第68期，1938年5月出版。

牌去了，所以他的『名聲』不錯，學生最多時達到四五十個。」（《我走過的道路》（上））對茅盾教授新學，原是他父親的宗旨，但王彥臣不會教，父親因生病也就顧不上了，只好任憑王彥臣以「老一套」的方法施教了。這樣，一直維持到半年以後，那時鎮上興辦了第一所初級小學。

第三章　小學生活

一、脫穎而出

一九〇三年，烏鎮「新辦了新式的小學」，即第一所初級小學——立志小學。茅盾就成了這所學校的「第一班學生」。

立志小學的前身是立志書院。書院的舊址在鎮中心東面的觀前街。和茅盾的住家貼鄰。

關於立志書院，民國二十五年編纂的《烏青鎮志》上有這樣一段記載：

> 立志書院：在青鎮型字圩觀前街。清同治四年，鎮紳嚴辰，請於大府，就鎮設立善後局，公議建設。適降弁項姓購此地基，前後已架樓屋十楹，以畏罪遠颺。乃由烏鎮同知楊道洽查封入官。嚴辰偕紳士蕭儀斌、沈寶樾等請於大府，作爲書院。請款創建講堂三楹，旁有廂樓一間，後樓四間，庖湢咸具，前後十楹，除門房外，左右樓屋賃作市廛，以供義塾。修繕院中，經費則取之本鎮絲業，用每洋抽捐四文之款。仍踵分水舊規，供奉楊園栗主，於春秋二仲，請桐鄉邑尊臨祭。八年，復蒙左文襄公捐廉，布政使楊公昌濬發款建楊園祠於院後，祠門北向，而中與院屋相通。十年，嚴辰請款創建文昌閣，於門前河埠之上。楊公題講堂額曰：有志竟成；聯曰：歷觀文囿，泛覽詞林，此地讀書尋舊躅；伏處蓬茅，繫懷民物，幾人學道繼前賢。嚴辰題後樓曰：策雲樓。俞太史樾爲書榜，題講堂聯云：分水舊規模，但願聞風皆立志；殳山鍾秀傑，定知異日有成材。題楊園祠聯云：小邑溯遺蹤輔黃，早已爲先導；聖朝隆祔祀湯陸，

還應讓後來。〔註1〕

創辦立志書院的山長嚴辰，字子鍾，號緇生，清朝咸豐己未進士。先後任桐溪、立志、翔雲各書院山長。從同治六年（1867）立志書院開辦起，任立志書院山長達二十六年之久。至光緒十九年（1893），他以七十二歲高齡病故，才由盧景昌接任山長，至光緒二十八年（1902）改辦學校止。〔註2〕

關於茅盾初讀小學，他自己屢有記述，但所述不甚詳明。我們先排比一下他的自述：

> 大約是八歲那年，我們鎮上初辦學校，我就進了小學……（《我的小傳》）
>
> 大約是民國前八、九年吧，我的故鄉X鎮開始有小學。我就是這小學的第一班學生。（《我的小學時代》）
>
> 烏鎮辦起了一所初級小學——立志小學，我就成爲這個小學的第一班學生。（《我走過的道路》）

以上三種自傳文字，雖然沒有記下明確的入學年代，但有一點是很明白的：烏鎮初辦小學（立志小學），他就離開私塾，進了這所小學，這是他記得很確切的，不會有記誤。年代「大約是民國前八、九年」，年歲「大約是八歲」。如依虛歲計算，合於民國前九年；如依實歲，則合於民國前八年。他自己說是「大約」，當然是出於行文審慎，其實這兩個年代必有一個是信實的。《清史稿・德宗本紀》：光緒二十八年二月「諭各省亟立學堂暨武備學堂」，七月「頒行學堂章程」。這一章程規定「逐科遞減」鄉、會試中額及各省府縣學學額，「俟各省學堂辦齊有效，科舉學額分別停止，以後均歸學堂考取」。但不久就加快了速度，光緒二十九年十一月十六日（公曆 1904 年 1 月 3 日）的上諭，已經明令停辦鄉試，這樣各地興辦學堂才大大加快步伐。烏青鎮只是一個市鎮，辦學堂不會是「得風氣之先」，如果在停辦鄉試的上諭下達之前就籌

〔註1〕文中的「大府」指知府。「春秋二仲」，即仲春、仲秋，「左文襄公捐廉」指左宗棠捐銀。文襄是左宗棠的謚號，廉是「養廉銀」（官俸）的省稱，「俞太史樾」，指晚清著名經學家俞樾，太史是清代對翰林的別稱。

〔註2〕茅盾在《我走過的道路》（上）第 63 頁上說：「這立志書院是表叔盧鑒泉的祖父盧小菊創辦的，盧小菊是個舉人，而且高中前五名內，所以在鎮上紳縉中名望很高，他辦了立志書院，任山長（院長）。」此說稍誤，按盧景昌字子繁，號小菊，青鎮人，清同治癸酉舉人，他是繼嚴辰之後擔任立志書院第二任山長的。可參閱《烏青鎮志》卷二十四《教育》。

辦，已經是很早了。我們認爲，它的正式開辦是在一九○三年秋冬。根據有如下三項：

一是改書院爲小學縱然在一九○二年已作出決議，也不能在短期內一蹴而就。

立志書院改辦小學，雖然不需要像當初創辦書院時那樣花兩年的籌備時間，但也要有個過程，有不少工作要做。如原佔書院後進西面樓下的青鎮義學要相應結束；書院的公產（有房產、田產等「自科舉廢止改辦學堂後產歸學校」）要造冊移交；盧景昌「就立志書院改設校舍，講堂悉係書院舊址，後隸楊園祠亦借作講堂」，均需修繕。有的還需交涉，此外，聘請教師、添置用具、招收學生等也需要時間。我們指出這一點，意在說明書院改初級小學雖在一九○二年，但不可能立即招生開課。這關係到茅盾初讀小學的時間。

二是立志小學是書院山長盧景昌主持改辦、並由他孫子盧鑒泉擔任校長的，我們要估計他接手的時間。新改小學時「有些家長還是不願讓他的子弟進小學。開辦那天，居然有五六十學生，那就幸賴校長是一鄉人望，能夠號召。」（《我的小學時代》）盧之所以「是一鄉人望」，就因爲他新中舉人。「盧鑒泉於壬寅中式第九名」，壬寅即光緒二十八年，公元一九○二年，「壬寅鄉試就是補行庚子、辛丑恩正併科，也是清朝舉行的倒數最後第二次的鄉試（最後一次即癸卯科）」，（《我走過的道路》（上））壬寅鄉試中舉，次年癸卯科會試他也赴京參加，「盧……第二年到北京會試落等」。會試例在春天舉行（稱爲春闈），盧鑒泉在這年初忙於應試，不可能在同時進行改書院爲小學，並任校長諸事，落第以後始有可能，那最早應是一九○三年秋天，或是年冬了。

鎮上初辦小學既在秋天（尤以冬季的可能性爲大），入學就不會早於此時。按癸卯學制，乃是春季始業，如果書院改小學已是冬尾，那麼在年假後入學也就順理成章了。

三是初入小學的時間當和離開私塾的時間相銜接。他的就讀家塾、私塾時間應是這樣的：茅盾入家塾時，父親雖未病倒，但已有低熱，而低熱始於壬寅年（1902）鄉試，鄉試例在入秋之後，（稱爲秋闈），那麼入家塾當在秋闈剛過的時候；在家塾，「不到一年，父親病倒了」於是轉入私塾，當在一九○三年春夏之間；「又過了半年多，烏鎮辦起了第一所初級小學——立志小學，他就成了這個小學的第一班學生。」（以上所引，均見《我走過的道路》（上））依此而言，初入小學的時間不會早於一九○三年秋。這「第一班」並非一年級，而是最早的一班即第一屆的意思。

出於以上根據，我們把立志小學〔註3〕正式開辦的時間，初步考定爲一九○三年秋冬。

初入立志小學，無所謂入學試驗，學生按年齡分班，大些的進甲班，小的進乙班；甲乙班的課程實在差不多，除了修身一門。上課一星期以後，甲、乙班的學生又互有調動，茅盾被編進甲班裡去了。他是同班同學中年齡最小的，最大的一個有二十歲，已經結婚了。這在今天看來當然令人吃驚，但在那時並不奇怪。

關於立志小學的課程，《我的小學時代》記述：「一開頭就排定了整整齊齊的課程：修身，國文，歷史，地理，算學，體操。」但是《我走過的道路》所憶不同：

> 甲班有兩個老師，一個是我父親的好朋友沈聽蕉，他教國文，兼教修身和歷史，另一個姓翁的教算學，他不是烏鎮人。國文課本用的是《速通虛字法》和《論說入門》（這是短則五、六百字，長則一千字的言富國強兵之道的論文或史論），修身課本就是《論語》，歷史教材是沈聽蕉自己所編的。至於按規定新式小學應該有的音樂、圖畫、體操等課程，都沒有開。

兩次所述，主要的不同是在體操等課程設置上。按當時的情形說，開不出體操課乃是更爲可能的事。兩本國文課本之一的《論說入門》，在《我的小學時代》裡作《文學初階》。這個歧異當依從晚年的回憶。據說，在清末，文學這個概念，還按照《論語》中的用義來使用的，那是子夏所習的科目，與後來所指的「文學作品」的「文學」不同，當時不會用《文學初階》這個名目。

《速通虛字法》是文言文法書，《論說入門》也是文言閱讀與寫作教材，

〔註3〕關於立志小學的名稱，有些研究者據四十四卷本《烏青鎮志》上的記載，認爲應稱國民初等男學。但該志卷二十四在「立志完全女學」條下記載：「屬桐鄉，清光緒二十八年鎮紳盧景昌就立志書院改設校舍，講堂悉係書院舊址，後棣楊園祠亦借作講堂，始爲國民初等男學。民國十六年將青鎮淑德女學併入辦理，乃改爲完全女學，」。又有按語：「按小學名稱始曰初等小學，繼曰國民小學，十三年後稱初級小學、完全小學，因學制變更而名稱時易……」如上如述，「國民初等男學」並非正式名稱，稱之爲「男學」是因爲民元以後一度改爲女學，追敘早先全招男生時便用了「男學」的稱呼；「（該）小學名稱始曰初等小學」，其說甚明。況且清末剛廢科舉時各學堂全是男生，不需標明「男學」。

但是它們已經被「鄉下人稱爲洋書」了。這兩本書都有圖畫，尤其是《速通虛字法》使茅盾非常喜愛，書中的例句，通過插圖，使之形象化，並且有鮮明的色彩。例如用「虎猛於馬」這一句來說明「於」字的一種用法，那插圖就是一隻咆哮的老虎和一匹正在逃避的馬；又如解釋「更」字，用「此山高，彼山更高。」這麼一句，插圖便是兩座山頭，一高一低，中間有兩個人在那裡指手劃腳，仰頭讚歎。這樣的教學內容，使少年茅盾感到比家塾、私塾有味。

在立志初等小學堂，「每星期一篇作文，題目老是史論。教員在黑板上寫好了題目，一定要講解幾句，指示怎樣立論，——有時還暗示著怎樣從古事論到時事。當然不會怎樣具體的，我們也似懂非懂；但我們都要爭分數，先生既然說過應該帶到現在，我們怎肯不帶呢？結果就常常用一句公式的話來收梢，『後之爲ＸＸ者可不Ｘ乎？』這一個公式實在是萬應靈符，因爲上半句『爲』字下邊可以填『人主』、『人父』，『人友』，『將帥』，……什麼都行，而下半句『不』字之下也可以隨便配上『愼』，『戒』，『懼』，『勉』等等。」（《我的小學時代》）這是指結尾；頭上呢，「將題中的人或事敘述幾句」，中間則在談論到一定的時候說出論斷，而「論斷帶感慨」。他後來自述說：「照年齡而言，都還不是老氣橫秋地論古評今的時候，然而每星期一篇的史論把我們變成早熟，可又實在沒有論古道今的知識和見解」。（同上）他用一句方言幽默地說明了一種情況：「硬地上掘鱔」。上面所說的那「一套公式」就是這樣「掘」出來的。「每星期寫一篇史論，把我練得有點『老氣橫秋』了，可是也使我的作文在學校出了名，月考和期末考試，我都能帶點獎品回家。」（《我走過的道路》（上））據他說，這是《速通虛字法》幫助他造句，《論說入門》則引導他寫文章的結果。

國文老師沈聽蕉，是茅盾的父親的好朋友，他博學多才，思想前進，在烏青鎭上頗有聲望。《烏青鎭志》上有如下記載：

> 吳興清沈生鳴謙傳略：字聽蕉，青鎭人，年十六補博士弟子，未幾，食餼平居，慷慨有大志，讀書務博覽，大如朝章國故，小至里巷瑣聞，靡不通曉。康梁倡新政，里人猶多故步自封，鳴謙獨與意合，科舉廢棄，儒而賈復，爲嘉興中學堂書記。民國二十三年三月二十日晚與人對弈，歸寢後氣逆而卒，人咸惜之。

茅盾初入小學有這樣的老師教學，使他在學生時代打好國文的基礎，不能不說是一件幸事。而且沈先生是「新派」，頗有點政治思想，他的教學生做史論，自有他的用意：「想叫學生留心國家大事」，從而開展思想，論古道今。

茅盾初入小學時，他的父親已臥床不起，房內總要有人侍候，所以雖說上了學，卻時時要照顧家裡。好在學校就在隔壁，上下課的鈴聲聽得很清楚，聽到鈴聲再跑去上課也來得及；但是有時也只好請假不去了。父親的病用了很多藥，仍不見好，祖母是迷信神道的，便多次提出要去城隍廟許願，後來竟不顧茅盾的父母反對，就到城隍廟裡去許了願，讓茅盾在陰曆七月十五城隍「出會」時扮一次「犯人」。這是烏鎮當時的迷信習俗：家中有病人而藥物不靈時，迷信的人就去向城隍神許願，在城隍「出會」時派家中一兒童扮作「犯人」，隨出會隊伍繞市一周，算是向神道「贖罪」。「祖母讓我去扮『犯人』的那一年，我九歲，正是愛玩耍的年齡，對於能夠親身參加出城隍會，自然十分高興，隨隊伍繞著四柵走了十多里路，竟一點也不感到累。不過事後想想，又覺得不上算，因爲『犯人』只能跟在出會行列的末尾，一路所見只是前面『抬閣』的背影和兩旁圍觀的人群，實在沒有趴在我家老屋臨街的窗臺上看下面經過的隊伍來得有意思，而且在窗臺上連『搶轎』的場面都能看得一清二楚。另外，我雖然當了一次『犯人』，父親的病卻未見有一絲的好轉。」（《我走過的道路》（上））第二年（1905）夏天，父親逝世了，終年三十四歲。

其後的一段時間，茅盾稱爲「母親的『訓政』時期」。她那時要實行伯蕃公的遺囑，讓兒子將來學「實科」，管教很嚴。少年茅盾自喪父以後，兢兢業業，不懈向上。他很理解母親期望自己成材的心情，他知道應當志於學、愼於行，才能免使母親生氣。

茅盾在立志初等小學讀了多少年？先時，他在《我的小學時代》中說：「兩年以後，我就做了這個小學的第一班畢業生，時在冬季」。翟同泰看出這一回憶中的「兩年以後」畢業之說有誤，曾向他提出：「烏青鎭公立高等小學校是光緒三十三年（1907）由中西學堂改稱」，如果在立志只兩年就畢業，那是在光緒三十一年冬，翌年春進不了烏青鎭公立高小，年代「不相合」。茅盾答覆說：「立志書院（小學）開辦那年我就進去了，讀了三年畢業，就進了烏青鎭高等小學，此校也是剛由中西學堂改稱，而且是新校舍。我想，進立志時我該是八歲，十一歲進高小」。這一回憶原很準確，也很明白，指的是光緒二十九年（癸卯）冬或次年（甲辰）春入學，三年畢業，「時在冬季」，乃是光緒三十二年（1906，丙午年）冬，翌春入公立高等小學。但翟同泰卻根據別人的回憶「推定」爲：「一九○四年春（九歲）至一九○七年（十二歲）底在『立志小學』讀書四年。」（均見《茅盾同志答問（上）》）此說實誤，誤在他把畢業年代推遲了一年。我們查到茅盾少年時的作文本手稿上記有「生在堂三載」一語，此文作於一九○八年秋季，只有在一九○六年冬由立志初等小學畢業，首尾都作一年計算，才能前後算成三載（依實是年月算還不到兩年），如果遲至一九○七年底畢業再入高小，那就無論如何不能說「在（高等小學）堂三載」。因此，立志初等小學畢業必在一九○六年冬。也就是說，他在初等小學讀了三年。

二、出類拔萃

茅盾在立志初等小學堂畢業的時候，剛巧「中西學堂」在一九○七年初從郊區搬到鎮上，並改名爲烏青鎮高等小學；茅盾便在一九○七年春，進入烏青鎮高等小學繼續學習。

中西學堂，原在青鎮的東柵郊外孔家花園裡。當時孔家花園，已經成了荒園。孔家祠堂經修繕後辦學校，便連同這個荒園，成了中西學堂的校舍。一九○二年，由鎮紳沈善保籌款創辦，始名烏青鎮中西學堂，租東柵孔氏祠堂爲校舍。一九○七年，從東柵遷到鎮上，就奉眞道院改建，稱烏青鎮高等小學堂，這就是植材小學的前身。奉眞道院供奉道教偶像太上老君，亦即所謂「北宮」，地址在青鎮的通德橋，即現在橫垮運河的賣魚橋東堍，烏鎮輪船碼頭東北，烏鎮公園西首。據《烏青鎮志》記載：

> （光緒）三十三年，就奉眞道院改建改稱烏青鎮高等小學，以院內三元閣、斗姥閣及後殿悉改爲校舍，頭殿留存。並於院南胡、鄭兩氏公助隙地集資闢治操場一區，建築講堂四處，另闢頭門以供出入。

茅盾稱自己就讀的高小爲植材高等小學，那是因爲中西學堂「始與烏鎮合辦」改名爲烏青鎮高等小學堂；辛亥革命後，「烏鎮無款維持，由青鎮將絲茶捐及縣稅學款辦理，改名植材高等小學。」以後人們通常稱之爲植材小學，連同它的前身烏青鎮高等小學一併包括在內。

茅盾在初小時就對中西學堂的學生很羨慕。「這中西學堂，半天學英文，半天讀古文，學生都是十七八歲的小夥子，在學校住宿，平時出來，排成兩列縱隊，一律穿白夏布長衫、白帆布鞋，走路腳彎筆直，目不斜視，十分引人注目」。(《我走過的道路》(上)) 到他進這個學校時，課程已經不是原來中西學堂的英文、國文兩門，而又增加了算學、物理、化學、音樂、圖畫、體操等六七門課。當時課程設置如此齊全的學校是少有的。教新增加的課程的，大都是中西學堂的高材生，畢業後由學校保送到上海進速成班，一年後回來執教，如教英文的徐承煥，用的課本是內容相當深的《納氏文法》，還兼教音樂和體操。他以後被任爲這個學校的校長。教代數、幾何的是他的兄弟徐承奎，幾何課本是《形學備旨》，「這是一本有光紙印的厚厚的線裝老傢伙」。數學對於少年茅盾來說，仍然「不近」，恐怕只能是勉力跟上。物理、化學課是由張濟川老師兼任。他是外鎮人，中西學堂的高材生，由校方保送到日本留學兩年後回國，在該校既教《易經》，又兼理、化兩門。「上化學課時，他在教室裡作實驗，使我們大開眼界。」(同上) 這些課程中圖畫課和音樂課是少年茅盾最喜歡的，直到相隔七十年之後還能把音樂課本中的一首《黃河》背出整整一節來。

國文教材比其他任何學科爲多，教國文的有四位，除了張濟川教《易經》外，原在私塾教書的王彥臣受聘烏青鎮高等小學後專教《禮記》。另外兩位是鎮上老秀才，一個教《左傳》，一個教《孟子》。當時的學生升留級是以國文、英文的成績而定，這本身已表明了它在清末學校中的地位；所用的這些教材也是留著科舉取士的痕跡。科舉制度雖已全面廢除，考試策論的餘風卻還存在。

茅盾進高小後第二年上半年就有童生會考。「前清末年廢科舉辦學校時，普遍流傳中學畢業算是秀才，高等學校畢業算是舉人，京師大學堂畢業算是進士，還欽賜翰林。所以高等小學學生自然是童生了。我記不起植材同什麼高等小學會考。只記得植材這次會考由盧鑒泉表叔主持，出的題目是《試論富國強兵之道》。我把父親與母親議論國家大事那些話湊成四百多字，而終之父親生前曾反覆解釋的『大丈夫當以天下爲己任』。盧表叔對這句話加了密圈，並作批語：『十二歲小兒，能作此語，莫謂祖國無人也。』……母親笑著對我說：『你這篇論文是拾人牙慧的。盧表叔自然不知道，給你個好批語。還特地給祖父看。祖母和二姑媽常常說你該到我家的紙店做學徒了。我料想盧表叔也知道。他不便反對，所以用這方法。』」(同上) 父親生前發過有關議論，使他在會考題目上有話可說；這對一個「十二歲小兒」來說，縱然是「拾人牙慧」，但寫得條理清晰，頭頭是道，也非易事。

小學時代的茅盾勤奮好學，聰明善思，特別在國文和歷史知識方面，顯示了過人的才華。他不迷信老師，對老師的講課，敢於發表自己的看法。有一次，教《孟子》的老師將「棄甲曳兵而走」中的「兵」，解釋爲兵丁，說是戰敗的兵，爭相逃命，丟盔棄甲，倉惶急走，像一條人流的繩，被拖著走。茅盾覺得老師講錯了，便向他提出疑問，老師硬不認錯，一直告到校長那裡。校長爲了顧及老師的面子，只好說這是一種古本的解釋。〔註 4〕沈志堅在《懷茅盾》一文中，曾憶及當年烏青鎭高小的同學少年，他說：「我與茅盾同在這學校裡讀書，我年十五，讀於高等三年級，他少我一歲，反在四年級」。「我們因爲同時寄宿生，日間雖不同課堂，夜間則同室溫習睡覺，所以常在一起切磋琢磨。」「當時他的國文成績，已爲全校冠軍，教師張之琴先生嘗撫其背道：『你將來是個了不得的文學家呢！好好地用功吧！』他聽了這種獎勵的話，益加奮勉」。〔註 5〕

寄宿生活給少年茅盾的學習和生活帶來了有利的條件。「植材」校址離茅盾家並不遠，他的母親不惜每月交四元的膳宿費，是爲了讓少年茅盾的營養好一些。那時寄宿生和教師同桌吃飯，肴饌比較好，而這在沈家這個人口較多的大家庭裡是做不到的。而且，寄宿生活比在大家庭裡要安靜多了，植材小學的藏書不少，對於勤奮學習的茅盾是個天賜良機。據《烏青鎭志》記載，該校主要藏書包括群經、正史、諸子、專集、本地方志、輿地志、明清史志，還有《西政叢書》。好學博覽的茅盾，是不會放過選讀機會的。

茅盾在這樣一個學校裡讀到畢業，受益不少，文思大進。在這裡，我們有必要先就他這個階段學習年限問題作一點考證。

前文已經說了，茅盾進入烏青鎭公立高小是在一九〇七年春。翟同泰爲少年時期茅盾所排的學歷，既然多加一年在立志小學，也就必然擠掉了別一學校的一年學歷。他說：「一九〇八年春（十三歲）至一九〇九年（十四歲）底，在『烏青鎭公立高等小學』讀書共兩年。」（《茅盾同志答問（上）》）此中「兩年」是錯了。那麼，是否就應當把翟文誤加在立志小學上的一年算到高等小學上，作爲三年來計算呢？恐怕不能如此。茅盾在《我的小學時代》中說：「小學畢

〔註 4〕「兵」的本義是兵器，作爲執兵器的人解釋是它的引申義。在這一句裡，「兵」只能作爲兵器解釋。

〔註 5〕沈志堅《懷茅盾》，載《文壇史料》，上海中華日報社 1944 年版。

業那年，『中西學校』也遷到鎮裡來了（本來在市外），並且改名爲高等小學校，我就進了這學校的三年級。」五年制高小，從三年級開始到畢業本該三年，但實際上是兩年半就畢業了。他是提早半年畢業的，「因爲在『高小』畢業時已改爲秋季始業，而進去時還是春季始業。」

這種插班入學、提前畢業的往事，曾使茅盾艱於記憶，產生了不同的說法。他在六十年代幾次答覆別人詢問時，說法就有些不同：「十一歲進高小，也是三年畢業」，「在『高小』可能是三年半」，「在植材約二年」。（同上）如果讀兩年就畢業，那就是一九○八年末或一九○九年初畢業。但是現在已經發現了他在「己酉年」即一九○九年春季開學至學期結束的《文課》，其中有《青鎮茶室因捐罷市平議》，這篇時論證明它是青鎮求學時的文章，不可能是中學時期的作文（茅盾所進中學，都不在烏青鎮，當時烏青鎮並無中學）。如果是「三年半」或「三年畢業」，那麼他先後就讀的三所中學總共就只有三年或三年半，而不是他記得很清楚的四年（已跳過中學一年級直接插入二年級）了。並且辛亥革命發生時，他就不是在嘉興府中學堂而是在湖州府中學堂了。我們相信，辛亥革命這樣的大事發生之時自己身處何地，是不會記錯的，那時他確實在嘉興迎接革命。《我走過的道路》中說：「一九○九年夏季，我從植材學校畢業了，時年十三周歲。」這才是確切無誤的記載。

三、課餘興趣

少年茅盾在課餘，涉獵廣泛，對文史方面尤其發生濃厚興趣。

課外閱讀，在當時當地被稱爲「看閒書」。《速通虛字法》的插圖，吸引了他「看閒書」的興趣。於是從「堆破爛東西的平屋裡」找出「一板箱舊小說」來，但「都是印刷極壞的木板書，……木板的『閒書』中就有《西遊記》，因爲早就聽母親講過《西遊記》中間的片斷的故事，這書名是熟悉的，可惜是爛木板，有些地方連行款都模糊成一片黑影。但也揀可看的看下去。不久，父親也知道我在偷看『閒書』了，他說：『看閒書也可把文理看通』，就叫母親把一部石印的《後西遊記》給我看，爲什麼給《後西遊記》呢，父親的用意是如此：爲了使得國文長進，小孩子想看『閒書』也在所不禁，然而倘是有精緻的插圖的『閒書』，那麼小孩子一定沒有耐心從頭看下去，卻只揀插圖有趣的一回來看了，這是看圖而非看書，所以不行。那部石印的《後西遊記》是沒有插圖的。」（《我的小學時代》）

茅盾讀小學時總是盼望暑假快快到來。每年暑假，表舅總要請他們母子去歇夏，他就可以隨母親到表舅舅家去看心愛的書。表舅雖是醫生，卻愛看小說，家裡收藏不少舊小說，還喜歡閒聊小說中的人物和情節。但是，這些書是不准小輩們看的，怕他們看入了迷，荒廢學業。表舅的大兒子比茅盾長兩歲，也喜歡看舊小說，於是，一有機會兩人便偷著看，有時白天看了還不過癮，表兄弟倆商量好吃罷晚飯，躺在床上假裝睡覺，等表舅鴉片煙抽足，興致勃勃地跟母親閒談時，就偷偷地溜到藏書處，加快速度，大看特看。舊小說的生動精彩的故事情節，深深地吸引住童年時代的茅盾。他完全沉醉在小說中，往往從晚上九時看到十一、二時才歇手。看小說入迷，不注意眼的休息，很容易使視力減退，茅盾眼睛不好，就是在那時看壞的。

茅盾少年時代就愛讀小說，記憶力也強，複述小說娓娓動聽。每去舅家，表姊總要他講故事。他講起《三國演義》、《西遊記》來，往往使年長的人也圍攏來聽故事。一次，他嗓子不行，講了幾句弟弟澤民就叫他「歇歇」，由他接著講下去。這個情景，至今在家鄉老人中還有人能夠訴說。

那時小學校每月有考試，單試國文，鄭重其事地出榜，前幾名還有獎賞。茅盾從初小開始在月考、期終考時往往是榜上有名，並名列前茅，常有獎品帶回家。有一次獎到兩本童話，《無貓圖》和《大拇指》，那時，他已看了《西遊記》、《三國演義》等舊小說，對這兩本童話並不怎麼感興趣，就把這兩本童話送給了弟弟，由母親講給弟弟聽。茅盾的作文在學校裡常得獎，在家庭和親朋中成爲美談，於是在家裡也進行作文比賽。暑假在舅舅家裡就有和表兄賽文的故事。晚上舅父點起一枝線香，要考這對表兄弟，命他們同時動筆寫作，長短不拘，時間以一支線香燃盡爲度。茅盾總是比他表兄寫得好、寫得快。舅舅非常喜歡這個聰穎好學的外甥，也以此來激勵自己的兒子向表弟學習。

茅盾在課餘並不一味鑽在看書、作文上，他還有從生活中進行農事觀察的興趣。這是和他的祖母對農村生活的懷念分不開的。他祖母要養蠶。祖母自小在農村長大，此時雖然離開農村，在青鎮生活也有數十年，但仍不能忘懷農村生活。有一年，由他的祖母作教師，帶領兩個姑母和一個丫環，養起蠶來。從「收蟻」起，到「上山頭」，祖母躬親其事。養蠶倒是豐收了，但賣繭子的所得還不夠抵償製備養蠶工具的費用。此事持續了三年，由於種種困難，祖母只好收起養蠶的念頭。祖母的玩玩性質的養蠶固然是失敗了，但她卻得到了意想不到的收穫。春蠶時期，茅盾每逢放學就參與其事，這使他瞭解了養蠶的全過程，也使他後來創作《春蠶》時可以調動這方面的生活知識。直到晚年他還深情地回憶說：「我童年時最有興趣的事，現在回憶起來還宛在目前，就是養蠶。」

「看殺豬是我童年又一最感興趣的事。」（均見《我走過的道路》（上））那是他的祖母收起養蠶的念頭以後，便從小豬行裡買了斷奶的小母豬，利用家裡的泔腳水，開始養起豬來。小豬養大後，祖母請來屠夫代宰，圍觀的人很多，茅盾也是其中之一。後來因爲家裡的兩個姑母和丫環們反對，前後只買了兩次小豬，便沒有繼續下去。對殺豬的情形，他在晚年還能細緻地描敘出來，可見印象之深刻。

如果說在這些農事中他主要還只是觀察，那麼他在高小階段還有自己定題、自己動手的「研究」。這雖然只是「兒戲」，但在這位少年的生活史上卻是認眞的「兒戲」。這裡指的是他曾經熱心「研究」過兩件玩意兒。高級小學的物理和化學課使他大開眼界，引發了製作「袖箭」和「奇怪的毒藥」的興趣。當然，最初的動機，還是從看小說中來的。那時候，他對那些飛簷走壁、神出鬼沒的武俠們，是非常傾倒的，想要學會一手絕招，可以「鋤奸濟苦，除暴安良」。可是他很懂事，不向母親要錢定製飛鏢，而是自己動手，試做袖箭。他用銅絲繞在鋼筆套上，做成彈簧，用竹筷做箭，再找一端有節的小竹管做箭筒。先把彈簧裝進箭筒，然後按進竹箭，用手指捺住箭頭，緊壓以後迅速放開。結果由於銅絲彈力不足，「箭」只能叢竹管口裡無力地吐出，而不是迅猛地噴射出來，傷不了人，鋤不了奸。於是他想方設法，苦心鑽研，改用鐵絲做彈簧，還把「箭」的重量減輕，把彈簧的圈數增加，確實費了一番心血，但結果還是沒有成功。

以後，又「研究」化學。偵探小說裡的那些偵探或盜犯，用了什麼奇妙的藥劑，能使一個人昏迷過去；又用了什麼藥劑，使一個昏迷的人清醒過來。好奇心趨使他想學會這套本領。但是要做「化學」實驗，就不能像製作袖箭那樣，花兩百小錢即可辦到，因此他只能「紙上談兵」，從《西藥大全》之類的「新法」書籍裡去尋答案。正因爲是「紙上談兵」，無法實驗，他的化學知識又很有限，終於體會不到那些「奇妙的藥劑」的眞正奧妙之處。〔註6〕

〔註 6〕請參閱茅盾《談我的研究》，收入《印象・感想・回憶》，文化生活出版社 1936 年 10 月出版。

茅盾的這種課餘生活，烙下了他的童稚的印記。但是他的整個小學時期的學習已經露出了他的才智。他的勤奮好學和教師的循循善誘，使他在這時候脫穎而出，現存的兩冊作文本就是明證。

四、「學能深造」

茅盾在故鄉高等小學堂就學時的兩本《文課》，至今留存，被作爲鄉邦文獻而由桐鄉縣文化局珍藏。

「文課」這個名詞，現在已經成爲歷史的語言了。爲解釋這個詞，我們先抄一段清代故事：

> 李進士薛，河南遂平人。……六歲時，本家昆仲就別塾讀書爲文。一日塾師改課文，小講甫就，有事他出，置文於案。眾徒亦爭出遊戲，掩門而已。晚塾師歸，見文已改完，並師所改小講亦有更易之句。師大駭，問之眾徒，別無客至，意東家亦無是人也。越日又改課文，故置於案，託言有事又出，潛於外伺之。午間回，見門開，闖然逕入，見薛方蹲於師座，執筆點竄未輟也。師乃驚服。〔註7〕

這裡所說的「課文」，我們不能以今例古，按今義把它看作編入教科書的文章（亦即用作教材的範文）。科舉時代的「課文」，卻是課業文章，亦即爲應科舉考試而習作的八股文，所以有「塾師改課文」之句。（引文中的「小講」就是八股中的一股。）上面記載的故事，說的是李薛幼年附讀別家書塾時趁塾中無人代塾師改同窗硯友的課業文章，竟使塾師驚服。到茅盾那個時代，雖然已經廢科舉、開學校，仕途的「敲門磚」——八股文已經失去了依存的價值，但是學生的習作還有考查經義、策論的餘風（史論、時論則是當時新的要求），這種課堂習作仍依舊名，稱爲「文課」，也就是文章課卷的意思；我們現在耳熟能詳的作文一名，則是後起的說法。

現存的兩冊《文課》，是茅盾在一九○八年下半年和一九○九年上半年所作的課卷文章。〔註8〕各篇題目依次如下：

> 一、學部定章，學生畢業以學期爲限，諸生肄業本校，有學期

〔註7〕〔清〕姚元之《竹葉亭雜記》，卷七。中華書局1982年與《檐曝雜記》（趙翼著）合刊本。

〔註8〕請參閱本書附錄一《茅盾少年時代〈文課〉考論》。

已滿而學力未足，有學期未足而學力尚優，若舉辦畢業則學力虧者恐少根柢，而學期缺者又恐遭批駁，於諸生學問功名均有所關，宜如何辦理盡善，諸生於切己之事謀慮必周，不妨直陳意見，以定辦理之方針。

二、言寡尤行寡悔釋義

三、漢武帝殺鉤弋夫人論

四、悲秋

五、家人利女貞說

六、吳蜀論

七、文不愛錢武不惜死論

八、信陵君之於魏可謂拂臣論

九、論陸靜山蹈海事

一〇、楊氏爲我墨氏兼愛說

一一、翌日月蝕文武官員例行救護說

一二、秦始皇漢高祖隋文帝論

一三、漢明帝好佛論

一四、善不積不足以成名，惡不積不足以滅身義

一五、書經二典三謨典謨二字何解，其皆稱曰虞書何歟

一六、牧誓何辭之費歟

一七、禮器言禮者體也，祭儀言禮者履也，同一禮也而彼此異解，何歟

一八、郊特牲八蠟之義若何

一九、君子之於損益二卦其對己之道若何

二〇、蹇卦惟二五不言往蹇試申其說

（以上第一冊）

二一、武侯治蜀王猛治秦論

二二、宋太祖杯酒釋兵權論

二三、學堂衛生策

二四、祖逖聞雞起舞論

二五、蘇季子不禮於其嫂論

二六、青鎮茶室因捐罷市平議

二七、馬援不列雲臺功臣論

二八、燕太子丹使荊軻刺秦王論

二九、中山之木以不材得終天年，主人之雁以不材而死，試申其說論之

三〇、管子稱天下才而孔譏器小，孟斥功卑，試論其故

三一、趙高指鹿爲馬論

三二、選舉投票放假紀念

三三、霍寔謂文帝以嚴致平非以寬致平論

三四、有不虞之譽有求全之毀論

三五、富弼使契丹論

三六、西人有黃禍之說，試論其然否

三七、張良賈誼合論

（以上第二冊）

這三十七題中，第十五至二十題訓釋經義，每題所作均不滿三百字，它們在《文課》中換題而不另頁書寫，如同合爲一組，如果此六則按組成一篇計算，則兩冊共計三十二篇。但我們姑且仍依每題一篇，共三十七篇計算。這當然無關緊要。

比較重要的是，我們從命題上可以看到清季時代風尚。散文偶見（僅《悲秋》一篇），思想修養論較多，而史論特富。這反映出散文的抒情文學在當時教學中不佔什麼地位，只是聊備一格；思想修養向爲莘莘學子安身立命所重，但在那時史論的地位更形突出，就不能不被認爲時代的隱憂需要更多地借鑒歷史。時論雖不算多，只有五篇（第九、第十一、第二十六、第三十二、第三十六），卻已經反映出清末正視現實的知識分子好談時事的風氣，這是變法維新帶來的影響（儘管它作爲政治運動是失敗了）。策論、經義題目加在一起數量也可觀，這還是科舉取士的餘緒。第一題就是策論的具體而微，〔註9〕這一題目長得足以使今天的青年人吃驚。但就策論而言，長題原不奇怪。〔註10〕

〔註 9〕明代以前考策論，由主考官提出問題，應試者按題出答案，稱爲對策；通常爲政治教化一類的問題，明清用八股文體考試經義（用經書中文句爲題，應試者作文闡明其中義理，這始於宋代，文用八股則是明清的事），但清代殿試亦需應對皇帝策問；至戊戌變法起科考改試策論。

〔註 10〕《文課》中的文題並無標點，本書引用時爲某些長題加上標點。又，教師批語不用標點，諸篇文字亦照例僅施句讀。爲便於閱讀，以下凡引用時均代加新式標點。

這些史論、時論、策論、經義、散文、修養論題目，在少年茅盾手裡完成得怎樣呢？我們從他的兩冊《文課》裡看到，他是筆健文雄，應付裕如；因而，卷端文後，屢獲好評，密圈密點，觸處皆是。

《文課》三十七篇，除了經義訓釋六篇一無評語外，其餘幾乎都有總評，而眉批的數量又有五十餘條之多。第一篇（《學部定章，學生畢業以學期爲限……》）的總評是：「生於同班年最幼，而學能深造，前程遠大，未可限量，急思升學，冀著祖鞭，實屬有志。」這個評語，自然不是專爲文章本身而寫，但「學能深造」卻是對於這位有識能文的少年學生的讚語。在此之前，茅盾的幼慧勤學早已在師友中傳開了；現在，教師就其冀著祖鞭，指出他「學能深造」，非唯泛泛的鼓勵，還包含著愛惜人才的意思。此後的各篇文章爲教師帶來的正是樂育英才的喜悅。

少年茅盾的敏而好學，使他學識增長，語言（在當時自然是文言）運用趨於成熟。三十七篇中，史論幾乎佔二分之一，被評爲「讀史有得」「讀史有眼」的屢見不鮮。我們且看《宋太祖杯酒釋兵權》。起筆就有分量：「宋太祖於杯酒釋兵權，人皆嘉其智，余未敢信也。」如果下文一一論列宋太祖趙匡胤的不智，未始不能成爲一篇有見地的文章，但他的論述卻波瀾迭起，筆活如龍。他認爲杯酒釋兵權不能簡單否定，要從它的歷史原因來看。〔註 11〕發生這一事件，是在趙匡胤黃袍加身之後，「既定天祚，即因趙普一言而起疑忌，蓋己爲臣下所推，誠恐石守信等兵權既重，其麾下思附龍尾以取富貴」，也就是說，爲的是要避免陳橋故事的重演。趙匡胤此舉，確然有利於避免割據，使中晚唐的藩鎮之禍不見於宋世，「後世藩鎮跋扈之患永絕。」但是，恰恰是在宋太祖自以爲智的地方，同時顯示出他的不智：「太祖之智豈料邊隘無大將而遼人必入，州縣無重兵而天下瓦解。」〔註 12〕字面上說「太祖之智」，其實是說他的不智。文章又轉到進言者趙普身上：「普固文士，豈計及遼人之侵入也，……且夫天下之事誰可逆料」，何況，「變亂在太祖既死之後」發生，更是始料所不及了。這好像是在曲爲之說，其實不是。作者欲咎故宥，下文就有不恕之言了：「斯時天下未大靖也，遼據燕雲十六州，常思南下。蓄兵嫻武且不暇，況削兵權哉？」那麼他是否在「爲子孫計」上稱得上智呢？作者對

〔註 11〕卷子上有眉批：「流水必導其源，其斯文之謂乎？」用反問語氣讚賞這一筆法。

〔註 12〕此處有眉批：「此言其流弊也」。「流弊」如改「智術短淺」更爲恰當。

此所發的議論尤見精彩：「如以爲子孫除惡，則偃武休兵適足強敵，書生領州致蕩然無備。留強臣於後世，所以制強敵也。且子孫有馭士之才，則雖臣下有曹孟德、司馬仲達之梟雄而亦無所懼也；如子孫無統馭之才，則天下豈少梟雄哉！」〔註13〕文章至此，已經令人拍案叫絕，然而還在往深層開掘：「至於金人進逼，二帝被虜，高宗南渡，稱臣求和，豈不見太祖之所以爲子孫計者？」〔註14〕用徽、欽二帝的靖康之恥來反詰，實在問得好。文章寫到「普之誤國，帝之失策，固何如者？」已如水流至海，但還有餘波。少年茅盾用調侃語氣說：「帝以杯酒而收兵權，其保全功臣較漢高相去遠矣，則是太祖之杯酒釋兵權，如爲功臣計矣，而非爲子孫計矣，噫！」〔註15〕這樣以揶揄口吻指出宋太祖本爲子孫的江山考慮，結果倒是保全功臣而損及子孫，適得其反，是其不智，回應了開頭劈空而來的「……人皆嘉其智，余未敢信也」；並不去點破他的不智，而趙匡胤的不智已灼然而見。這樣的論說，無怪其得到教師的美評：「好筆力，好見地！讀史有眼，立論有識，小子可造，其竭力用功勉成大器。」《信陵君之於魏可謂拂臣論》不僅指明作爲拂臣的信陵君之爲罪爲功問題，而且在「信陵之功，可爲拂臣；信陵之志，不可爲拂臣」上深化論題。〔註16〕信陵君竊符救趙是一個熟故事，他翻出了新意；趙高指鹿爲馬也是一個熟故事，他在這個題目下又別具新思。《趙高指鹿爲馬論》該怎麼說呢？把論說的中心放在抨擊趙高的奸詐上，當然不失爲一種寫法；把文章的主旨放在斥責秦二世的昏愚上，也不失爲一種寫法。但是如此立論，就不免就事論事，沒有什麼深度，平庸無奇，還是餘事。少年茅盾並不把目光停留在事件本身，他還看到背後所隱藏著的東西。也就是說，他從導致趙高指鹿爲馬、「朝堂戲君」的原因，從趙高弄權的後果，考慮自己的論點，在「禍患積於忽微」上立論。這樣別樹一幟的史論，竟出於一位十三歲少年之手，實在大不易。教師爲此篇所寫的總評是：「責備始皇，痛言閹禍，至斥趙高罪狀，悚然可警。」從評語上看，這篇還不能算是評卷教師屬意之作。難度比這個題目更高的《管子稱天下才而孔譏器小，孟斥功卑，試論其故》，題目頗多限制，不能越出「試論其故」來發揮新論。可是，這位英俊少年，不爲所

〔註13〕此處有眉批：「此論又推進一層矣」。
〔註14〕此處有眉批：「此論又推進一層矣。」
〔註15〕此處有眉批：「餘波猶勁。」
〔註16〕請參閱本書附錄一。

窘，他從王、霸對立上來解釋「孔譏器小，孟斥功卑」，又從孔、孟異時上找出他們評價管子的差異。他說，孔子稱管仲尊王攘夷，「使王化遠播」，譏其器小是指其志小，「不能導其君以致王業」，因而還不合於孔子的主張；「至若孟子之時，則時不同」，那時「王道衰矣」，孟欲以王道諷戰國之君，便斥其功卑，此「所以擯霸道之微」。結論是：「器小功卑，固皆管子之瑕也。」如果僅僅這樣說，那仍然是被題目限住了；少年茅盾卻認爲孔孟因同道而異時，致使他們對管子的評價不盡一致；他抓到了一個空隙，借孔揚管：「孔子曰，微管仲吾其披髮左衽矣。其功績之高可知，然而孟子時不同也。嗚呼，仲能助桓公霸天下，而振興王紀，夫亦人傑也哉。」不越題目範圍，又不爲題意所囿，立論仍出於己心，這是難能可貴的。篇後評語是：「褒貶悉當，斷制謹嚴，是讀史有得者。」

我們再看時論。《翌日月食文武官員例行救護說》是評論文武官員將於次日發生月食時例行「救護」的文章。所謂「例行」，指的是明清朝廷制定的「大典」。明代「救護月食」的禮儀，明人余繼登《典故紀聞》有所記載；清代於順治元年定「救護」之制，《清史稿・禮志》詳列京朝文武和各地方官員「救護」儀式。烏青鎮既有同知一員，青鎮又另設巡簡一員，文武衙門都有了，遇此月食便須循例行禮如儀。我國本來是世界上最早紀錄日食月食的國家，至東漢，太史令張衡已經闡明了「月光生於日之所照」〔註 17〕的天文現象；日食月食的觀測、預測，至明清可以說已達到精確程度。然而，在另一方面卻還要「定制」行禮，「救日」「救月」。《清史稿・禮志》：「若月食，則在中軍都督府救護，尋改太常寺，……省會行之督、撫署，府、廳、州、縣行之各公署，……上香、伐鼓、祗跪，與京師救護同。」茅盾依題作評論「例行救護月食」的文章，當然需要自然科學知識，他那時得之於物理課程。〔註 18〕如果只是用來論定「救護」之非，那已經是信科學、破迷信了，但他的立論還要高出一籌。他把題旨放在「世主身居萬乘之尊」，「奈何反因而然之」〔註 19〕上面。這個論旨，可以被理解爲放言古今，而文題上規定的是「例行」，因此他又爲這個論旨作了必要的限制，補明「昔人每誤天圓地方」，既

〔註 17〕《續漢書・天文志》注引《靈憲》。

〔註 18〕卷端有眉批：「物理甚明。」我國古代典籍敘說宇宙星象，照例用「天文」「天象」「星曆」之類語詞，而不稱物理。物理一詞，古人雖然也用，但用於別的場合，且用義寬泛，與近代所說的「物理、化學」的「物理」有別。

〔註 19〕從原作的上下文看，「因」指因襲神道設教的鬼神之說。

爲知識所囿，「宜其不悟」，「今則天文學興，始知月食乃地掩月所致」，此時還要「救護」，便是「沉墜鬼域」了。有此一補，就把論說限定在「今」時。接著，他在用了文簡意明的自然知識作正面論據之後，又提出一個反證：「外人（按指外國人）不施救護，則日月遂沒耶？」如此從正面反面論證了論點：「例行救護」是「爲民上者」因仍神道設教的故技，用來「沉墜鬼域」的辦法。最後把問題歸結到破迷信與開民智上來：「民智不開，良有以也。爲民上者，宜痛除之，庶幾神道絕、迷信破，民智始開。吾聞欲熄火勢，亟抽其薪，爲民上者其加意焉。」顯然他的這種「爲民上者其加意焉」的論說，是受到了嚴復的思想影響的。嚴復在《原強》裡提出過「鼓民力，開民智，新民德」三個命題，他認爲，「居今之日，欲進吾民之德於以同力合志，聯一氣而禦外仇，則非有道焉，使各私中國不可也。」〔註 20〕他把抗禦外侮的希望寄託在「有道」之君「開民智」上，自然是當時維新派的思想局限；但是，在清朝末年，有這樣的主張，也不足爲奇。何況，嚴復的著眼點還不停留於君主開明上，他還指出了「開民智」的目的是對人民啓蒙，「使各私中國」即普遍知道愛國、都來愛國。少年茅盾接受這樣的思想影響，當然也就是吸取了清末的先進思想的營養了，對於這樣立論的少年，我們更不能苛責。我們認爲，總的看來，這篇文章儘管不是全然出於他的胸臆，卻簡直已經是一篇切中時弊的偉論了。文章立論之銳，值得稱譽，當得起卷末總評：「筆有開拓，文氣流暢。」

我們還可以看看他的思想修養論。這方面的文章比較少，有的限於題目難於充分發揮（例如《善不積不足以成名，惡不積不足以滅身義》），這裡不妨略略說一下《有不虞之譽有求全之毀論》。這個題目，泛泛而談並不難，難在寫得深刻。他是怎樣寫的呢？他先揭示題句的出典（《孟子》），緊接著就側到答客難（假設性的）。一路說下去，指出有兩種不同的毀譽：有「君子之毀譽人」，也有「小人之毀譽人」。作者說，「小人之毀譽人」不足憑信，它也無礙於「君子修己自盡」。這其實也是隱然寫出了對待毀譽應持的態度，替「不虞之譽」作了解釋：既不追求君子之譽，自然更不應以小人之毀爲憑

〔註 20〕嚴復的《原強》曾於 1895 年在天津《直報》上發表，次年他因贊助梁啓超在上海辦《時務報》而將此文與其他幾篇文章在該報先後重刊，見東爾編《嚴復生平、著譯大事年表》（編入《論嚴復與嚴譯名著》，商務印書館 1982 年 6 月第 1 版）。茅盾的父親購讀《時務報》，少年茅盾很可能見到。

信了。〔註 21〕這一篇的總評是：「掃盡陳言，力闢新穎，說理論情，兩者兼到。」評定亦很確切。這樣的思想修養論，雖然是用四書五經（《孟子》在「四書」之內）的句子作題目，但不同於「代聖人立言」的解釋經義章，他是在這種題目下自鑄新論的。

比較遜色的，是一些經義訓釋文字，每則寥寥幾句，如同答題。但這多少是受到了命題限制的。（題目已詳前文，此處不贅。）

縱觀三十七篇，雖然偶見疵瑕，但是不掩其瑜。宜乎爲教師所稱賞，卷上美評如潮了。這裡不妨再錄一些評語：「大勢了然」，「胸中雪亮，筆下了然。」〔註 22〕「扼定揚墨之學未能擴充爲主，精細熨貼，毫無滯機。」〔註 23〕「將三朝人主說成一片，如白玉無瑕，不落痕跡。」「前半從秦始漢高側到隋文，此又從秦始隋文側入漢高，相題得竅，筆活如龍。」〔註 24〕「目光如炬，筆銳似劍，揚揚千言，宛若水銀瀉地，無孔不入，國文至此，亦可告無罪矣。」〔註 25〕「馬援以椒房之戚，不列雲臺，前人之論多矣，作者復以公私二字，互相推闡，入後又翻進一層立說，足見深人無淺語。」〔註 26〕至於評價最高的，當推《信陵君之於魏可謂拂臣論》的總評：

筆意得宋唐文胎息，詞旨近歐蘇兩家，非致力於古文辭者不辦。

評語本身儘管有點「桐城氣」，但也不能承認他目光如炬。這樣的論斷，豈是輕易肯下的，那就足以看出少年茅盾是他心目中的英才了。但他下筆亦有分寸，並不把少年之作稱爲成熟了的文章，即使是在稱譽某文可以上攀唐宋名家時，也只說得其「胎息」、「詞旨近歐蘇」，也決不張揚過分，說成是可以與歐陽修、蘇東坡媲美的天地間至文。耐人尋味的是，《文課》的第一冊幾乎都是鼓勵、表揚性的評語，第二冊裡卻增加了指疵的評語。其實，從立意、佈

〔註 21〕原文中「君子之毀譽人」，指以「執公而無所私者」爲譽，以「惟一己之名譽是爭」的「不公不私」者乃毀；「小人之毀譽人」指隨其一己之「喜惡所致」。「君子修己自盡」指不以毀譽爲念，唯修己德、自盡才智。作者解釋「不求譽」，別有見地：「彼不求譽者足顧地方之公益，而不求一己之譽，則其行事焉必執公而無所私蓋矣。其不自知有譽者以其自知無所徇私而招人怨也。」此句爲閱卷教師加了密圈，又有眉批：「此意頗新」。

〔註 22〕分別爲《吳蜀論》、《崔寔謂文帝以嚴致平非以寬致平論》的眉批。

〔註 23〕《楊氏爲我墨氏兼愛說》總評。

〔註 24〕《秦始皇漢商祖隋文帝論》眉批。

〔註 25〕《泰始皇漢高祖隋文帝論》總評。評語中「揚揚」二字係「洋洋」之誤。

〔註 26〕《馬援不列雲臺功臣論》總評。

局、行文、役語上看，兩冊處在同等水平上。這位教師這樣做，恐怕是有深意的：對於一位脫穎而出、出類拔萃的少年，期之深、望之切，因而要求也高。

我們從兩冊《文課》裡所看到的，是清末社會畫面上的一位有志少年的面影。他有愛國思想，在那列強環伺的年代裡，他稱崇了並不「枸枸於尊君之義」〔註27〕的救國英雄，他表示了對於不畏強敵、不辱使命的富弼的忻慕；〔註28〕在那慈禧顢頇專政的時候，他巧妙地在行文中提出「國之先正宮帷，而後天下治」〔註29〕的皮裡陽秋之論。他有啓蒙思想，希望開民智、革弊習。他有志於學、廣求博採；有志於修己，以執公去私的君子自期。總之，少年茅盾的才、學、識超乎儕輩，兩冊存世的《文課》，已經可以見到這端倪了。

這一節，我們專就《文課》作了粗略的研究，而這種粗略的研究又僅僅著眼於它作爲茅盾早年的傳記材料所顯示的意義。〔註30〕當然，縱然在這一點上，我們的發掘也是極其有限的。〔註31〕

〔註27〕《信陵君之於魏可謂拂臣論》。

〔註28〕《富弼使契丹論》。

〔註29〕《家人利女貞說》。

〔註30〕這份文獻資料的意義是多方面的，決不限於認識茅盾小學時代的某些情狀。

〔註31〕茅盾後來幾次談到過早年做學生時作文的習氣，他在《從牯嶺到東京》裡說：「我還有在中學校時做國文的習氣，總是黏住了題目做文章的」；在《魯迅論》裡說：「如果題名曰『我所見於魯迅者』，或是『關於魯迅的我見』，那自然更漂亮，不幸我不喜這等扭扭捏捏的長題目，便率直的套了從前做史論的老調子，名曰《魯迅論》了。」（以上兩文均見《茅盾論創作》，上海文藝出版社1980年5月第1版。）據此，則還可以從《文課》對他後來寫作的影響上來作一些研究。

第四章　中學生活

一、初次負笈離鄉——湖州府中學兩年

高小畢業以後，要進中學就得離鄉，因爲當時烏鎮還沒有中學。茅盾首次投考並被錄取在二年級的，是湖州府中學堂（後改稱浙江省第三中學。）

投考中學，有一個選擇過程。他後來回憶說：

> 一九〇九年，我從植材學校畢業了，時年十三周歲。母親準備讓我進中學。那時中學只有府裡有，也就是杭州、嘉興、湖州、寧波、紹興等地才有。杭州除了中學還有一所初級師範，有人勸我母親讓我考這個師範。師範學校當時有優越條件：不收食宿學費，一年還發兩套制服，但畢業後必得當教員。母親認爲父親遺囑要我和弟弟搞實業，當教員與此不符，因此沒有讓我去。杭州我母親還嫌遠，嘉興最近，但最後決定讓我去考湖州中學（其實湖州與杭州的遠近一樣），因爲本鎮有一個親戚姓費的已在湖中讀書，可以有照顧。這是我第一次離開烏鎮，又是到百里之遠的湖州，所以母親特別不放心。〔註 1〕

〔註 1〕《我走過的道路》（上）第 69～70 頁文中所提到的設在杭州的「初級師範」，似爲兩級師範之誤，兩級，指初級、優級。關於考入湖州府中的年代，曾有人向他詢問：「據沈志堅《懷茅盾》一文說，您是 1910 年春（應爲十五歲）考取三中，插入二年級，那麼您在『高小』畢業後進入『三中』前尚空有一年時間，這一年您是在何地何校讀書的？」他所作的答覆只說：「大概是十五歲（最早是十四歲）考進湖州府中二年級，這是緊接在植材畢業以後的事。」（《茅盾同志答問（上）》）高小畢業在 1909 年夏季，這有少年《文課》可作

選定了學校，便報名參加入學考試。「是考插班的，考進了二年級。我沒有讀過中學一年級，因爲中學一年級（甚至二年級）的功課，我在植材時都讀過了。……『植材』名爲高小，但那時除教文言（《左傳》、《易經》、《尙書》等）外，一年級起有英文，畢業時已學完平面幾何、小代數等，比一般中學都高。」〔註 2〕當時，原想插三年級，但因算術題目完全答錯了，只能插二年級。」〔註 3〕所謂「算術題目完全答錯」，並不是指整個數學卷子只得到零分或接近零分，他曾說起，這次主要失分是在幾何題上：「考湖州府中學插班時，因做錯了幾何題目，故只插二年級。否則，可插三年級。」（《茅盾同志答問（上）》）在數學考卷失分頗多的情況下，他仍能跳級插入二年級，這當然是靠了國文、英文的成績。

就這樣，他第一次離開故鄉，在湖州開始了他的中學生活。

「湖州中學的校舍是愛山書院的舊址加建洋式教室。校後有高數丈的土阜，上有敞廳三間，名爲愛山堂，據說與蘇東坡有關。」（《我走過的道路》（上））湖州的文化設施，最爲有名的是皕宋樓，以藏宋版書而名播海內；皕宋樓主人陸心源有園曰「潛園」，他曾獲得機會和全校同學去遊覽過，至於皕宋樓上的珍藏，自然無緣得見。

這所中學是在茅盾入學前八年創辦的。該校編印的一本專刊記載：

> 其創辦在民國紀元前十一年，是年辛丑，我國爲德日等八國所屈辱之和約告成，袁世凱、張之洞先後奏請：廢科舉，設學堂，培植人材，蔚爲國用。並提議：每省設大學一所，每府設中學一所，每縣設小學一所。舊湖屬人士，遂合力創辦湖州府中學堂，以愛山書院爲校址，愛山書院房屋爲校舍，此爲湖屬有學堂之始。紀元前十年夏至日開學。〔註 4〕

茅盾在這裡就學，有整整兩年。使他感到驚喜的，還不是「老式樓房，每房有鋪位十來個」（《我走過的道路》（上））的初次寄宿生活，而是課內外的許多

實證，和他四年後中學畢業年代（1913 年夏）亦合。

〔註 2〕見《茅盾同志答問（上）》。

〔註 3〕《我走過的道路》（上）第 70 頁，按清末學制，中學爲五年，不分初、高中，一以貫之。茅盾插入二年級，意味著只要讀四年，就可以在中學畢業。

〔註 4〕原載浙江省立第三中學編印之《新三中》，1931 年 5 月出版；末句「紀元前」，自係「民國紀元前」，承前省略，轉引自孫中田、張立國《茅盾的中學時代》，《東北師大學報》1981 年第 I 期。（以下凡轉引這篇文章的一些材料時，只提這一篇名。）

新鮮的知識和革命的空氣。

在他的記憶中最難忘的兩門功課中，有一門是小學時代不曾開設的地理。「地理是一門枯燥無味的功課，但這位老師卻能夠形象地講解重要的山山水水及其古跡——歷史上有名的人物及古戰場等等。同學們對此都很感興趣。」這位在教學方法上深知少年心理的地理教師是誰？「可惜記不起他的姓名了」。（《我走過的道路》（上））

如果說，這位教本國地理的教師是寓愛國教育於饒有趣味的講解之中，那麼，國文教師卻擴大了他的文化知識的眼界，增厚了他的文學根底。「教國文的，彷彿還記得他姓楊名笏齋。……他教我們古詩十九首，《日出東南隅》，左太沖《詠史》和白居易的《慈烏夜啼》、《道州民》、《有木》八章。這比我在植材時所讀的《易經》要有味得多，而且也容易懂。楊先生還從《莊子》內選若干篇教我們。他不把莊子作爲先秦諸子的思想流派之一來看待。他還沒有這樣的認識。他以《莊子》作爲最好的古文來教我們的。他說，莊子的文章如龍在雲中，有時見首，有時忽現全身，夭矯變化，不可猜度。《墨子》簡直不知所云，大部分看不懂。《荀子》、《韓非子》倒容易懂，但就文而論，都不及《莊子》。這是我第一次聽說先秦時代有那樣多的『子』。在植材時，我只知有《孟子》。」（同上）他後來在商務印書館編譯所工作時選注《莊子》〔註 5〕的興會和知識準備，恐怕就發端於此。

茅盾初入中學時的驚喜，表現在體育課上則是另一種狀況。

體育課上「走天橋」、「翻鐵杠」，曾「惹得老同學們大笑」，翻鐵杠（單杠）終於不曾學會。隊列操是學過的，但過去只杠木槍，「現在是眞槍了，我身高還不及槍，上了刺刀以後，我就更顯得矮了，槍不知有幾斤重，我提槍上肩，就十分困難。槍上肩後，我就站不穩。教師喊開步走，我才挪動一步，肩上的槍不知怎地就下來了。我只好拖著槍走，眞成了『曳兵而走』了。從此以後，體操這門課，我就免了。」（《我走過的道路》（上））雖然因爲年齡小、身材矮而免了體操，但是他參加了「遠足」。「遠足」，本來是乘舟車或徒步短途旅行的意思，湖州府中學的辦法卻又有些特別。茅盾在《我走過的道路》中作過這樣的敘述：

〔註 5〕茅盾選注《莊子》，是在 1926 年。1930 年列爲商務印書館「萬有文庫」第 1 集第 54 種出版，署名沈德鴻。在這前後，還爲「萬有文庫」選注過《淮南子》（1926 年）、《楚辭》（1928 年），均刊行於 1930 年。

> 每學期例有一次「遠足」，我欣然參加了。第一次是到道場山，路不遠，頂多三十里。我去時剛走不多路，便覺兩腿上像掛了十多斤的鉛條，就要在路旁休息，老同學知道我是第一次「遠足」，便扶著我走，還扶著我跑，說練練就行了。如此挨到了目的地。也不知怎的，回來時我居然能走，不用人扶，不過總要掉隊。

這樣的「遠足」，其特別處，就在於不似徒步旅行，沒有那種悠閒，倒像是在練走、練跑。何以如此呢？——

> 現在想來，湖州中學的體操實在是正式的軍事操練，「遠足」也是「急行軍」的別名罷了。
>
> 後來事實證明，沈校長這樣布置，是有深意的。

這，自然是後來的瞭解。在當時，不免使茅盾因其別致而感到驚奇，也因自己「居然能走」而有所喜悅。

至於這位作了這樣「有深意的」布置的沈校長，是怎樣的人物呢？沈校長名譜琴，字毓麟。「雖是科舉出身（舉人），卻有革命思想，家饒資財而任俠尚氣加入同盟會。他主辦府中學外，還以私財設立女子中學，女子師範及女子國民小學」，「沈譜琴在辛亥之際，曾與孫中山有交往，……當中山在海外籌款，沈也認購過革命用的『券』。」他在中舉以前，「喜練武跑馬」，力大藝精。湖州府中學原有一個日本籍體育教習，名大西勝人，他憑藉自己膂力，瞧不起中國人。一天，他見沈譜琴在愛山臺上乘涼，欺其不備，從後猛推，沈竟紋絲不動，「回顧大西笑曰：『君欲與我比武耶！』大西面紅耳赤曰：『不敢』」。比武還是比了的，他們就借愛山臺上深埋土中將近一尺的石鼓凳較力，「大西飛腳蹴之則稍動，自以為能，可以滌方才推沈不動的恥矣」。「沈徐起足蹴之，此石鼓凳竟連根翻起，滾下愛山臺數尺，於是諸人皆拍手歡呼。學生們本惡此日之驕，一齊鬨堂。」〔註6〕這位沈校長既有反清革命思想（他是參加了同盟會的），又素喜練武，他在自己主持的這所學校裡借體育課給學生以軍事訓練，自有其深長的用意，——後來，湖州光復，他的學生也確然起了作用。

湖州府中學的課程，數學程度並不高，茅盾負擔不重，有時間繼續讀小說。小學時代本來還對繪畫有興趣，這時卻大為低落。他說：「那時候我對於

〔註6〕引自孫中田、張立國《茅盾的中學時代》。據原注，此段引號中的文字，均出於「湖州中學的老校友」「譚建丞先生的回憶材料」。茅盾從未提及此事，可知必非發生在他就學府中的時期。這類事情是不容易忘卻的。

繪畫的熱心比起小學校時代來，卻差得多了。原因大概很多，而最大的原因是忙於看小說。課餘的時間全部消費在小說上頭，繪畫不過在上課的時候應個景兒罷了。」〔註 7〕「中國的舊小說我幾乎全都讀過，(也包括一些彈詞)。這是在十五、六歲以前讀的（大部分)」。〔註 8〕這樣大量的古代小說，當然並不全在湖州閱讀，小學時代所讀的要比湖州的兩年多得多。「當然，元、明戲曲，一般都喜歡，但不大喜歡《琵琶記》。」〔註 9〕其它古代文學作品，也不是不讀，總的來說還相當廣泛，但到這個階段爲止，興趣的濃厚程度都比不上古代小說。可以說，他博覽中國古代小說，基本上完成於這個時候，以後再接觸它們，那主要是出於研究的需要了。這種博覽，對他此後的創作和研究，無疑是大有助益的。

茅盾在湖州府中學堂時，有三件事對他的思想發生過影響。

一件事情，是去南京參觀「南洋勸業會」。這個勸業會，是兩江總督端方、江蘇巡撫陳啓泰會奏獲准舉辦的。「在江寧城內公園附近紫竹林一帶，購地七百畝，組織會場，所需經費，由官、商合力擔任。」〔註 10〕規模頗大。籌備會議宣佈，「勸業會宗旨有三：一振興全國商業；二建造南京市面；三補助社會教育。」〔註 11〕實際上是一些持有「實業救國」主張的官、商爲鼓勵海外僑胞和國內紳商在江南投資興辦工廠而有此舉。用「南洋」作爲名稱，是因爲陳列品以江南諸省爲主，而東南沿海各地當時因與北洋相對，就稱南洋；同時，主辦者要招徠東南亞僑胞投資和傳授工業管理經驗和技術，吸引他們轉銷江南土特產，而東南亞當時也有南洋之稱。勸業會籌備了一年半，於一九一〇年六月五日（宣統二年四月二十八日）正式開幕。湖州府中學有二百多人去參觀，校方包租了一艘內河輪船，由湖州經江蘇吳江縣平望鎮折入運河，溯運河北上，到無錫換乘火車。在南京不能多住，只能逗留三天半。就是這短短時日，收穫也不小。「當我們到浙江館看見展出的綢緞、紹興酒、金華火腿等特產，倒也等閒視之，可是聽說紹興酒得銀獎牌，卻大爲驚喜。我們對

〔註 7〕《我曾經穿過怎樣的緊鞋子》，初收《我與文學》(《文學》一週年紀念會特輯)，生活書店 1934 年 7 月出版。

〔註 8〕茅盾《我閱讀的中外文學作品》，《中國現代文學研究叢刊》1981 年第 1 輯。

〔註 9〕茅盾《我閱讀的中外文學作品》，《中國現代文學研究叢刊》1981 年第 1 輯。

〔註 10〕《兩江總督端、江蘇巡撫陳會奏創辦南洋第一次勸業會摺》，《東方雜誌》第 6 年第 4 期，宣統元年 3 月出版。

〔註 11〕《南洋勸業會事務所詳訂各屬物產會簡章》，《東方雜誌》第 6 年第 5 期，宣統元年 4 月出版。

四川、廣東等各省展出的土特產，都很贊歎，這才知道我國地大物博，發展工業前途無限。」(《我走過的道路》)

另一件事，是湖州有幾位開明人物新從國外回來，給這個中學帶來了一些新空氣。它所產生的影響，就不是勸業會拓人眼界所可比擬的了。一九一〇年，曾先後在中國駐倫敦、巴黎、柏林、彼得堡、東京等地使館工作、最後做到駐荷蘭、意大利公使的錢恂，離任歸國了。錢恂，字念劬，湖州人；這年初夏，他回鄉度假。他的弟弟玄同（比他小三十四歲）、他的長子稻孫也從日本回來，同在故鄉。校長沈譜琴就「以晚輩之禮懇請錢（念劬）先生代理校長一個月，提出應興應革的方略」。學生參觀勸業會剛回來，他就特地召集全校師生員工在操場上開會，介紹那位老人和大家見面，以昭鄭重。錢雖只代理一月，卻也認眞從事，「這天晚上，全校就紛紛議論，說錢老先生聽遍了各教師的講課，有時還進課堂去指出：何者講錯了，何者講的不詳細。大部分教師都挨了批評，而對英文教師的批評是發音不準確。」英文教師因此鼓動罷教，卻只有教國文的楊先生勉強附議。錢在第二天就得訊了，他表示立即找人來代這兩位的課。代英文的，是他的長子稻孫，在黑板上畫了口腔發音位置的橫剖圖，用它來教發音。「這位小錢先生又看了過去我們所作的造句練習，他認爲英文教師只是發音不準確，造句練習該改得不錯，而且英文讀本《泰西三十佚事》也是公認的一本好書。」（同上）代國文的是錢玄同。他是章太炎的弟子，除了要求學生寫古體字，不免過於拘執外，在短暫的代課階段裡卻也體現出灌輸反清思想、注意發揮學生創造精神的教學特點。作文課上，「他不出題目，只叫我們就自己喜歡做的事，或想做的事，或喜歡做怎樣的人，寫一篇作文。慣做史論或遊記的同學們覺得這好像容易卻又不然，因爲茫無邊際，從何處說起呢？」提出這樣的寫作要求，無異是對剛接觸的學生出一道「試各言爾志」的題目，讓學生形象化地發揮自由思想。茅盾這一回是怎樣寫的呢？他回憶了一個大概：

> 我聽了錢老先生的話，也和同學們有同樣的感想，後來忽然想起楊先生教過的《莊子·寓言》，就打算模仿它一下。我寫了五、六百字，算是完了，題名爲《志在鴻鵠》。全文以四字句爲多，有點像駢體。這篇作文的內容現在記不清楚了，大體是鴻鵠高飛，嘲笑下邊的仰著臉看的獵人。這像寓言。但因我名德鴻，也可說是借鴻鵠自訴抱負。

第二天作文卷發下來了，得了許多密圈、密點；這篇作文連代理校長也看過了：

> 錢老先生還在我這篇作文的後邊寫一個批語：「是將來能爲文者。」(《我走過的道路》(上))

錢玄同代課一個月中，國文教材也選得頗有微意存焉。是這樣幾篇：史可法《答清攝政王書》、不題撰人的《太平天國檄文》、黃遵憲《臺灣行》、梁啓超《橫渡太平洋長歌》。史可法的信是拒絕清軍誘降的，太平天國的檄文更是直接反清的，黃、梁的歌行則是當時的新文體，這樣的教材恰好與當時「書不讀秦漢以下」的餘風相背。原先的國文教師楊先生本來也是在這樣的餘風裡教課的，因此學生對這一個月的國文課覺得新鮮。一月之期已過，「楊先生又來上課了，我們都要求他也講些新鮮的。」他敢於向僅知新鮮而不知新鮮在哪裡的學生點明錢玄同講這些詩文的用意。「楊先生說，錢先生所講，雖只寥寥數篇，但都有掃除虜穢，再造河山的宗旨，不能有比它再新鮮的了。」當茅盾要求他講些和時事有關的文章時，「楊先生忽然大笑，說：『錢先生教你們讀史可法答攝政王書，眞有意義。現在也是攝政王臨朝。不過現在的攝政王比起史可法那時的攝政王有天壤之別。』」(《我走過的道路》(上)) 此中含而不露的深意，一經點出，也就啓迪了茅盾的新思。這位楊先生決不像英文教師那樣爲圖面子而不去學別人的長處，相反，他很以錢玄同的做法爲然。因而，他也教了文天祥《正氣歌》，張溥（明末復社巨子）《漢魏六朝百三家集》中的幾篇題辭。前者的意思原很明白，是直接承錢玄同選教材的用意的，後者的意思他自己說了：「也不算復古而是爲今用吧。」這也同時使茅盾獲得了許多文學史知識：「單從題辭的講解中，我們知有陸機、陸雲兩弟兄，知有嵇康、傅玄、鮑照（明遠）、庾信（子山）、江淹（文通）、丘遲（希範）」；由於「這些題辭都是駢體，楊先生於是教我們學作駢體文」，茅盾用駢體寫了《記夢》，「楊先生的批語大意是構思新穎，文字不俗。」因讀張溥的題辭，茅盾便在這一學年寒假裡大讀《昭明文選》。這部書，「我到曾祖父逝世前居住的三間平屋中，在雜亂的書堆中找到了。這年冬天，我就專讀《文選》，好在它有李善的注解，不難懂。」(《我走過的道路》(上)) 這對茅盾產生過好的影響：拓展文思，豐富知識；也帶來過不好的影響：「只能聽到些『書不讀秦漢以下』一類的話語」，「那樣的陳腐閉塞幾乎將我拖進了幾千年的古墳裡去」。〔註 12〕

〔註 12〕茅盾《我的中學生時代及其後》，《印象・感想・回憶》，文化生活出版社 1936

還有一件事，是一九一一年上半年的剪辮風潮。辮子原是清兵入關才「種」起來的，「那時我們並未嘗聞革命大義。……但是對於辮子的感情卻不好，我們都知道這是『做奴隸的標幟』。」「放暑假以前，不知從哪裡傳來的剪辮運動也波及到這個中學校。同學之中剪去了兩三對辮子。為什麼是『對』呢？因為那時辮子的剪掉是兩人一對以『你剪我也剪』的比賽或打賭方式完成了的，所以不剪則已，剪必成對。……那時各中學的剪辮子風潮，大概就是下半年革命高潮到來的前奏罷。」〔註 13〕茅盾的剪辮雖然還在其後，但當時他已作了些改變：「辮髮截短了一半，末梢蓬鬆，頗像現在有些小姑娘的辮梢，而辮頂又留得極小，只有手掌似的一塊，四圍便是極長的『劉海』」。這已經是「辛亥革命的『前夜』，鄉村裡讀『洋書』的青年人有被人側目的『奇形怪狀』」〔註 14〕的現象了，茅盾和同學們還有別的「特殊的行動」：「結伴到廟裡去同和尚道士辯難，坐在菩薩面前的供桌上，或者用粉筆在菩薩臉上抹幾下。」〔註 15〕時代的風雲，在茅盾身上反映出來的，還不止這一些。一次，湖州府中學有一些紈袴子弟，為對付風起雲湧的革命秘密組織了一個會議，會前印發了入場卷；進步的同學想去聽個究竟，卻又苦於無券，不能進去。茅盾在上一年暑假裡熱心地學過篆刻，〔註 16〕這時他就仿照入場卷的樣子，刻了一枚圖章，印出了不少門券，那次會議因此就被攪散了。〔註 17〕

湖州府中學在校長沈譜琴的悉心辦理下還是有些生氣的；辛亥之役，湖州光復，就全仗這所學校的學生軍。但這已經是茅盾轉學之後的事了。

年 10 月出版。

〔註 13〕茅盾《回憶是辛酸的罷，然而只有激起我們的奮發之心》，《時間的記錄》，重慶良友復興圖書公司 1945 年 7 月初版。

〔註 14〕茅盾《談迷信之類》，《話匣子》，上海良友圖書公司 1934 年 12 月初版，又見《茅盾文集》第 9 卷。

〔註 15〕茅盾《談迷信之類》，《話匣子》，上海良友圖書公司 1934 年 12 月初版，又見《茅盾文集》第 9 卷。

〔註 16〕由於受到一位同窗的影響，茅盾學習篆刻。暑假裡，他「從破舊陽傘上折取一段傘骨」，「託紙店的學徒磨成鋒利的刻字刀」，按《康熙字典》上的寫法寫出篆字，學刻石章，「一個暑假就在刻石章中消磨完了」（見《我走過的道路》上冊第 72～73 頁）當時，他在自己保存的高小《文課》上鈐下了九枚自刻印章。

〔註 17〕桐鄉縣文化館李渭鈁同志前幾年到北京時，得之於沈老親口所述。蒙為轉告，謹誌此以致謝。

二、辛亥革命前後——嘉興府中學半年

茅盾在湖州讀了兩年，在讀完三年級後轉入嘉興府中學。（後來稱爲浙江省第二中學。）

一九一一年暑假，「我回家後把要轉學到嘉興中學的事，告訴母親。母親請凱叔來詳細詢問，知道嘉興中學的數學教員學問好，教法特別好，而且數學課好的學生在課外時間能自動來幫助數學課比較差的同學。母親念念不忘父親的遺囑，總想我將來能入理工科。又聽凱叔說，轉學不難，只要把湖州中學的成績單給嘉興中學的學監看了，就可插入嘉興中學的四年級。爲此種種，母親就同意我轉學。」〔註 18〕

嘉興地處滬杭鐵路中段，水陸交通發達，物產又很豐富。府中學的創設年代與湖州中學相同，都在辛丑年（光緒二十七年，公元一九○一年）。《嘉興一瞥》記載：

> 中學創立於光緒二十七年冬，由省飭嘉興府知府劉毓森籌備，越一年，校舍落成，舊曆十一月上丁釋菜始業，以由府立，初名嘉興府中學堂，專課嘉屬七邑之士，……當時學制以奏定學校章程爲準，重經訓、文史，爲五年制之中學。（光緒）三十二年遵普通中學制，增設科目，招生始不限籍……〔註 19〕

由光緒三十二年（1906）開始，招生不限本府籍貫，我們從該校《校友錄》裡可以得到證實。這年入學始業的學生，至民國元年畢業，該屆畢業九人，有一人爲浙江奉化人，屬寧波府。〔註 20〕次年畢業者十一人，則已有一人是外省（江蘇省吳江縣）人。〔註 21〕他們的入學都在茅盾入該校插四年級之前；茅盾插班時，同時還有八人和他一起插入同一年級，其中江蘇省籍卻佔了七

〔註 18〕《我走過的道路》上冊第 81～82 頁。凱叔是茅盾的四叔祖吉甫之子凱崧，已先就讀於嘉興府中學。茅盾由湖州轉學嘉興，「爲的要避開一個古怪的同學」；他曾說，「這件事，我想將來我如果做一篇自敘傳的小說再可以詳細寫出來」。（《我的小傳》，《文學月報》創刊號，光華書局 1932 年 6 月出版。）所稱「自敘傳的小說」終於未寫，但事情經過則寫入回憶錄《我走過的道路》。

〔註 19〕《嘉興一瞥》係嘉區《民國日報》「（民國）二十五年元旦特刊」，印成書版。

〔註 20〕浙江省立第二中學校友會在「民國二十一年春」爲紀念「母校成立三十週年」編印的《校友錄》。這段資料見該《校友錄》第五節《民國元年十二月中學科畢業校友》。

〔註 21〕浙江省立第二中學校友會《校友錄》第六節《民國二年七月中學科畢業校友》。

人，另一人爲浙江杭州籍，只有他才是來自嘉興府屬縣份的。〔註 22〕《校友錄》編入了茅盾的姓名、字、里籍。家庭地址：

沈德鴻　燕斌　桐鄉　烏鎮東柵〔註 23〕

嘉興府中學校址，《嘉興一瞥》有所記載：「水西門內，佔地百畝，分南北兩院，南院爲舊鴛湖書院故址，北院爲舊秀水縣署故址，……校舍望衡對宇，僅一河之隔，有齊雲橋通焉。」秀水縣是嘉興府治所在地；府中開辦，撥給「望衡對宇，僅一河之隔」的「舊秀水縣署故址」和「舊鴛湖書院故址」，改建爲校舍，確很寬敞。只是這個地方，當時處在「市梢」，幾乎沒有商店；後來辛亥革命發生，師生到火車站去買報，便要從西門走到東門外，徒步穿越嘉興城區。

茅盾在這所中學裡雖然只住讀半年，但是接觸的教職員卻很不少，其中有一些人給他的印象頗深，在他晚年寫的回憶錄裡還有比較明晰的記述。《校友錄》把三十年中「曾任母校教職員者」一一載明，這裡我們只選茅盾就讀時在該校任教、任職者轉錄如下：

姓名	字	籍貫	所任職務	入母校年月	服務年限
陳晉熙	南侯	嘉興	會計、庶務	民國前十年	九年
陸祖谷	仲襄	嘉興	教員	民國前六年	十六年
姚文燕	翼亭	嘉興	文案	民國前三年	四年半
沈　銘	幼棠	嘉興	庶務、文牘	民國前三年	十八年半
徐文藻	冕百	海鹽	校長、教員	民國前三年	八年半
朱希祖	逖先	海鹽	教員	民國前二年	二年半
朱乙懋	叔麟	嘉興	師範校長、教員	民國前二年	三年半
計宗型	仰先	嘉興	校長、教員	民國前二年	十四年半
鄭希雲	翰生	嘉興	教員	民國前二年	十一年半
陳振鰲	孟恢	嘉興	教員	民國前二年	十七年半
方於笥	青箱	嘉興	教員、監督	民國前二年	二年
陳宜慈	讓旃	海鹽	教員、校長	民國前二年	一年半

〔註 22〕《校友錄》第五十三節《清宣統三年九月中學科插班校友》。

〔註 23〕《校友錄》第五十三節《清宣統三年九月中學科插班校友》。這本《校友錄》附載該校校友會的《本會啓事》說：「惟本會校友，向無登記，調查不易，故即以母校保存之同學錄三十五冊，作爲依據，然其中亦有殘闕不全之處。」可見所據均爲原始材料，「燕斌」係茅盾改字鑿然有據。

殷鴻疇	純青	嘉興	監學	民國前二年	一年半
朱宗萊	蓬仙	海寧	教員	民國前二年	五年半
鄭　鏞	少筠	吳興	教員	民國前二年	三年半
范　教	甫英	天台	教員	民國前二年	一年
高　堪	天梅	金華	教員	民國前一年	一年
朱辛彝	仲璋	桐鄉	教員	民國前一年	一年
殷錫紳	紀鑿	嘉興	書記	民國前一年	八年半
鄭思忠	斐諶	嘉興	教員	民國前一年	八年
馬裕藻	幼漁	鄞縣	教員	民國前一年	一年

以上所錄總計二十一人。〔註 24〕從這個表裡可以看出，茅盾在學時，監督爲方於笥（青箱），監學爲殷鴻疇（純青）。表中「所任職務」欄內稱「教員監督」者，意爲先當教員、後來再任監督。表中還有「教員校長」，意亦相同，只是已在民元以後長校，所以改稱校長了。計宗型（仰先）實爲先任教員、再當校長，但表中卻是「校長教員」，當係編印時謄抄或排字之誤，失於校正。

這份表格的籍貫欄，爲茅盾所說的「教員大多是嘉興府屬的人」提供了實證。茅盾還就此作過敘述：「教員和大多數學生中間轉彎抹角都可以攀上點兒世誼、戚誼，或者鄉誼。我所在的那個自修室裡，大概有二十位同學，在『三誼』關係上，和兩位算學教員最接近。於是這兩位老師便常來閒談了。我沾了這一份『光』，眞是『常若芒刺在背』。」原因是：「二中的算學程度比三中高得多，教師又頗頂眞，我不得不『迎頭趕上去』。最初的一個多月，我幾乎是『全身心浸在算學裡』了，——一面要自己補習沒有學過的，（那是因爲換學校而得來的一段脫笋的空白）一面又要接受新教的，我簡直除了算學以外不知有何物……」〔註 25〕當時這所中學平行開設兩門數學課程：幾何、代數。幾何由計宗型擔任，茅盾以後曾多次記述這位教師的事情，而代

〔註 24〕孫中田、張立國《茅盾的中學時代》僅錄十四人，均爲「民國前二年」入校者，但又少陳宜慈、殷鴻疇，不知何故。這裡所抄的前五人，入校年限固早，但因他們服務年限較長，依年限推算亦當爲茅盾就讀時的教職員。又，表中朱希祖字逖先，《茅盾的中學時代》誤刊「遏先」（原刊本不誤）。原表尚有「通訊處及經歷或現況」，空而不寫者爲多，即使有所書寫亦往往述通訊處、現況，而無經歷。想是編《校友錄》時添入，資料意義不大，轉錄時刪去。

〔註 25〕茅盾《回憶辛亥》，見《印象・感想・回憶》，文化生活出版社 1936 年 10 月出版。

數教師爲誰氏，則已失記。所謂「一段脫笋的空白」，就是指湖州府中學三年級不開幾何課，而嘉興府中學這個年級卻已開設，因此轉入後者的四年級，便脫了一年進度。這兩位數學教師都曾對茅盾說過：「幾何（或是代數）不好弄吧？不要怕，不難，算是頂容易學的。不過中間脫了一節或是前面的沒有弄熟，那就是神仙也學不會。」雖然接著就「叮囑同班的『算學大家』隨時教」〔註 26〕新轉學來的茅盾，卻已使他嘗夠脫節之苦了。

和茅盾同時入校、但班次低兩年（因爲從一年級讀起，而茅盾是三年級插班生）的汪胡楨，曾在回憶錄裡敘及「母校的幾位老師」。他說：「教數學的朱叔麟、沈家康，教物理的爲計宗型、教化學的爲徐冕伯，……數理化教師都曾赴日本專修，學問精湛，最受學生尊敬。」〔註 27〕朱叔麟，名乙楙，教三角；沈家康是在民國元年應聘擔任代數、幾何、解析幾何、微積分的，那已是茅盾離校之後了；因爲增聘了這位數學教師，所以計宗型改任物理課程；徐冕伯，名文藻，大約也擔任過茅盾的課，因爲他那時也在該校。物理、化學、歷史、地理的課程由誰執教，我們尚未考知，而國文課程則有茅盾的詳細憶述。他說，當時國文就有四門之多。「國文教師有四：朱希祖、馬裕藻、朱蓬仙、朱仲璋。……朱希祖教《周官考工記》和《阮元車制考》，這可說專門到冷僻的程度。馬老師教《春秋左氏傳》。……朱蓬仙教『修身』，自編講義，通篇是集句，最愛用《顏氏家訓》，似乎寓有深意。」「朱老師是舉人，是盧鑒泉表叔的同年」。〔註 28〕因此茅盾稱之爲父執，但有迂夫子氣：

> 國文教師稱讚我的文思開展，但又不滿意地說：「有點小說調子，應該力戒！」這位國文教師是「孝廉公」，又是我的「父執」，他對於我好像很關切似的，他知道我的看小說是家裡大人允許的，他就對我說：「你的老人家這個主張，我就不以爲然。看看小說，原也使得，小說中也有好文章，不過總得等到你的文章立定了格局，然後再看小說，就沒有流弊了。」
>
> ……《莊子》之類，自然遠不及小說來得有趣，但假使當時有

〔註 26〕茅盾《回憶辛亥》，見《印象・感想・回憶》，文化生活出版社 1936 年 10 月出版。

〔註 27〕《我的中學時代的回憶》(油印稿)，政協嘉興市委員會文史資料工作組徵集、打印。

〔註 28〕《我走過的道路》上冊第 81～82 頁，關於前三位的教課，請參閱《回憶是辛酸的罷，然而只有激起我們的奮發之心》、《回憶辛亥》兩文。

> 人指定了某小說要我讀，而且一定要讀到我「立定了格局」，我想對於小說也要厭惡了罷？再者，多看了小說，就不知不覺間會沾上「小說調子」，但假使指定了要我去臨摹某一部小說的「調子」，恐怕看小說也將成爲苦事了罷？（《我曾經穿過怎樣的緊鞋子》）

其實，在初到嘉興府中學的一段時間裡，他極少看小說的餘暇，「因爲幾何代數程度特別提高，差不多全副精力都對付兩門功課去了。」（《回憶是辛酸的罷，然而只有激起我們的奮發之心》）

關於國文教員，嘉興府中是聘了不少名教師的。除了茅盾所說的四位以外，汪胡楨說「還有南社著名詩人高天梅教國文，但不久也離開學校，我在校時教國文的先後有陸祖谷、朱逢（蓬）仙、鄭斐諶」（《我們中學生時代的回憶》（油印稿））這四位的姓名在《校友錄》上都可以查到，並且從「入母校年月」和「服務年限」合看，也正是茅盾在校時的教師，只是沒有在茅盾的班上任課罷了。

茅盾頗有微詞的，是英文教員。這位英文教員是「上海聖約翰大學出來的」，但是，「此人是半個洋人，中文不過小學程度，他把輜重讀成腦重，用的課本是文法讀本合一的，據說是聖約翰大學一年級用的，但是這位教師對讀本中的許多字，卻不知在漢語是什麼，反要我們查字典幫助他。」（《我走過的道路》（上））這位教員是誰呢？是王哲安。在述說我們的考證依據時，必須先引用汪胡禎的回憶材料：

> 王哲安先生，……是海寧人，畢業於上海聖約翰大學，爲我國著名文史家王國維的弟弟。那時我國學習英文，都採用英國人在殖民地印度所用方法，把課程割裂爲讀本與文法兩部分，讀本教材選的大都是英國古典文學，文法的句例大都取自聖經或讚美詩。我們在課堂上只要一翻開教科書，就馬上感到沉悶。但王先生卻讓我們讀從英文《大陸報》或《密勒氏評論報》中選來的片段，都是眼前時事，明白易懂，用這種文句作文法分析，很容易弄明白文句的構造。〔註29〕

這段材料，和茅盾所說的那位英文教員的情況，有兩點完全一致：茅盾說他是「上海聖約翰大學出來的」，汪胡禎說王哲安「畢業於上海聖約翰大學」，

〔註29〕《我的中學生時代的回憶》（油印稿）。這位教員的姓名，爲浙江省立第二中學校友會《校友錄》失載。

此其一；茅盾說他採用文法和讀本合一的課本，汪胡禎說王哲安一反當時「把課程割裂為讀本與文法兩部分」，而用課文「文句作文法分析」。當然，茅盾沒有說他用英文報紙上的片斷文章為教材，但不同的年級、屆別，教材是不可能一樣的。唯一可以成為疑問的是被茅盾指為「此人是半個洋人」一點。這一句話如果是從血統上來說的，那麼「王國維的弟弟」就不是如此；但這一句話也可以理解為他的中文程度之低與英文程度極不相稱，大有「半個洋人」的樣子。

就是這位王哲安，在汪胡禎、茅盾的筆下，評論有所不同。可以說，一以敬，一以嘲。汪胡禎在回憶中說：「我在中學學習英語，從字母學起，整整學了五年，到畢業時已能看懂英文報紙，寫英文信。這要歸功於王哲安先生。」（《我的中學生時代的回憶》（油印稿））這種尊崇，我們毫不懷疑；但茅盾是從另一角度看的，他嘲笑的是這位英文教員的中文程度之低下。兩不相悖。

英文教員，並非只此一人。茅盾曾有「英文教員之一」（《辛亥回憶》）的用語，汪胡禎也明白說過：「教英文的有陳翰楚、王哲安」。（《我的中學生時代的回憶》（油印稿））查浙江二中校友會《校友錄》，「陳翰笙」顯係「鄭希雲（翰生）之誤。在浙西方言裡，「陳」「鄭」字音相同，容易誤記，原可理解。但這一位，似乎與茅盾沒有什麼關涉了。

茅盾就讀嘉興府中的半年，起先是致力於數學，已如前述；後來呢，則和很多同學一樣，轉到辛亥革命前後革命空氣所帶來的興奮中去了。

這所中學和革命的關係，原就比湖州府中學更密切。監督方青箱是同盟會會員，教員也大部分是革命黨。「教員雖多『革命黨』，可是有的是教幾何的，有的是教代數的，理化的。」（《回憶是辛酸的罷，然而只有激起我們的奮發之心》）在茅盾班上任課的四位國文教員，除了朱仲璋，「其他三位都是革命黨。」（《我走過的道路》（上））此外，還有體操教員。「他們是眞人絕對不露相的」（只有體操教員稍稍例外），「從不露半絲半毫的種族思想，或是民權思想的味兒。」剪辮也許可說是略見端倪，但是，革命黨固然剪了辮子，剪了辮子的未必就是革命黨。「英文教員之一，『到過西洋』自然沒有辮子」，（以上見《回憶辛亥革命》）卻不是革命黨。儘管如此，剪辮還是革命空氣下的行動，如同茅盾所說，在那個時候，「辮子和革命的關係，光景我們大家都有點默喻。」（《我所見的辛亥革命》）和湖州府中學相比，「雖然同是『省立』而且一在湖州一在嘉興，學校所在地的風土人情也可以說完全一樣，可是校內的空氣頗有不同之處」，嘉興府中學「頗多『和尚頭』」(《回憶辛亥革命》) 就是區別於湖州府中學的重要一端。

剪了辮的教員，在示人以眞假問題上，各不相同。「校長是個假辮子，據說因爲是校長常常要見官府，只好『假』將起來。但在學校中也常常不裝假辮子。……國文教員中有三位（朱希祖、馬裕藻、朱蓬仙），據老同學說，也都是校長的『同志』。……有一位常常光頭上課，另一位雖然可以不戴瓜皮小帽而垂辮，然而，形跡可疑。第三位如何，我記不清了。」體操教員的「光頭」，在剪辮教員中獨異於眾，不論在校內還是校外，都沒有僞飾。茅盾在不少回憶文章裡提到過他，但「記不起他的姓名來了」。這位教員，很可能是范教。〔註 30〕「體操教員後腦有隆起的一塊，因爲沒有辮子，並且剃的道地的和尚頭，所以遠遠看去也是高低分明。喜歡說笑話的代數教員常常當面摸著體操教員這『異相』，呼之爲『反骨』。體操教員聽了，常常會忍不住露出自負的神色來。有時他正色答道：「當心，也要，你們沒有反骨的腦袋。」意思是說，「你們沒有反骨的腦袋」，清政府也要。這，就是他對於「眞人絕對不露相」的「稍稍例外」。「有這麼多光頭教員，自然會教出光頭學生來。在我進校的上一學期，這省立二中發生過『剪辮運動』。結果是我進去的那一級裡，剪得最多」，但不久「便也變成了校長的『同志』」——出校裝上假辮了；體操教員的「同志」也有，「徹底的光頭主義者，在全校中也還有十多位，而我這一級裡約占半數。」

教員中革命黨人物居多，所以，「那時的嘉興府中學校算是民主空氣最濃厚的，師生之間，下了課堂便時常談談笑笑，有時亦上街吃點心，飲茶。」作爲例證，茅盾寫下了盡興賞月的回憶：

> 那年中秋，我們三年級的幾個同學，便買了些水果、月餅、醬雞、熏魚，還有酒，打算請三位相熟的教員共同在校中陽臺上賞月。不料一位教幾何的先生病了，教代數的先生新婚，自然要在家和師母賞月，只有一位體操教員賞光。然而我們還是玩得很盡興，差不多每個人都喝半醉。

〔註 30〕茅盾在《回憶辛亥》中說「他是全校中僅有的兩位客籍教員之一，大概是台州人。」所謂「客籍」，指的是「嘉湖一帶」以外，今查前已引錄的《校友錄》，當時任教者中，籍貫在「嘉湖一帶」以外的有三人：范教，高堪、馬裕藻，後兩人均教國文，並非體操教員，只有范教是天台（清代稱台州）人；對於浙西人來說，口音「生硬」、「不大聽得清」正是台州話的特點。

> 我特別記得這一回事，因爲以後不久，又一件使我們興奮得很的事發生了，便是武昌起義。〔註31〕

武昌起義發生於一九一一年十月十日，農曆爲辛亥年八月十九日，離開中秋只有四天。興奮和期待的心情在茅盾在《我所見的辛亥革命》一文中反映得很眞切：

> 武漢起義的消息來了後，K府中學的人總有一大半是關心的。那時上海有幾種很肯登載革命消息的報紙。……不幸K城的派報處都不敢販賣。然而裝假辮子的教員那裡，偶爾有一份隔日的。據說是朋友從上海帶來的，寶貝似的不肯輕易拿給學生們瞧，報上有什麼消息，他們也不肯多講。平日他們常喜歡來自修室閒談，這時候他們有點像要躲人了。
>
> 只有那體操教員是例外。他倒常來自修室中閒談了。可是他所知道的消息也不多。學生們都覺得不滿足。
>
> 忽然有一天，一個學生到東門外火車站上閒逛，卻帶來了一張禁品的上海報。這比哥倫布發現了新大陸還鬨動！……盤問了半天，才知道那稀罕的上海報是從車上茶房手裡轉買來的。於是以後每天就有些熱心的同學義務地到車站上守候上海車來……直接向車上的客人買。
>
> 於是消息靈通了，天天是勝利。……體操教員也到車站上去「買報」。

第一張「禁品的上海報」從火車上買回學校的「那天晚上代數教員又到我們的自修室來閒談。……臨走時，……用了證方程式的口吻說：『這幾根辮子，今年不要再過年了！』」「第二天午飯以後幾何教員……說：『假辮子用不著了！』」稍後，去火車站買報時，碰到體操教員，他也忽然說：「現在，你們幾位的辮子要剪掉了！」就在這樣的興奮中，同學們「都革去了辮子」。(《我的中學時代及其後》)

那時，茅盾他們還「只知有『革命』二字，連中國革命運動史的最起碼的常識也沒有」，那麼何以會「興奮得不得了」呢？他是這樣敘述的：「我們無條件的擁護革命，毫無猶豫地相信革命一定會馬上成功。……我們所以如

〔註31〕《回憶是辛酸的罷，然而只有激起我們的奮發之心》。引文中的「三年級的」四字，應爲「四年級」。

此深信，乃是因爲我們目擊身受滿清政府政治的腐敗，民眾生活的痛苦，使我們深信這樣貪污腐化專橫的政府，一定不能抵抗順應民眾要求的革命軍。」於是，「革命軍勝利的消息，我們無條件相信；革命軍挫敗的消息，我們說一定是造謠。」

學生中的這種「深信」，當然有其盲目性。革命黨人的幾位教員卻別有憂樂。「幾何教員請了假，由代數教員代課。」後來有傳說：「光復上海的志士中間有我們的幾何教師計仰先。」體操教員范教則以戇直的方式表達了他深沉的憂慮。「記得有一天，大概是星期六下午，只我一人在自修室，忽然那位體操教員跑了進來，……叫我和他一同到東門去走走。……到了車站，車剛剛過去，上海報自然買不到。他又一次掃興，便要在車站附近小酒店裡吃酒，自然是他請客。我一滴酒也不能喝，除了吃菜，就教他吃螃蟹的方法。他打起台州腔，說了不少話，可是我大都不甚了了，只分明記得一句是：『這次，革命黨總不會打敗仗了吧？』」這顯然是因爲他對革命黨武裝起義屢遭失敗的歷史知之甚稔，所以在心憂天下。

辛亥革命在朝著勝利的方向發展，這在嘉興也得到了反映。「車站上緊起來了，『買報』那樣的事，也不行了。但是我們大家好像都得到了無線電似的，知道那一定是『著著勝利』。城裡米店首先漲價。校內的庶務員說城裡的存米只夠一月，而且學校的存米只夠一禮拜，有錢也沒處去買。」「提前放假的呼聲也高起來了。上海光復的消息促成了提前放假的實現。」上海光復是在十一月三日（農曆九月十三日），「教三角、幾何的計仰先還率領學生前往杭州助攻撫台衙門。」〔註 32〕茅盾當時只有十五足歲，在班上最小，所以不曾被吸收參加十一月四日的杭州光復之役。他離校回家就在次日早晨，「到家後第一句話就是『杭州也光復了』。」接著是嘉興、湖州也光復了，那是方青箱、沈譜琴分別「把學生武裝起來，佔領了湖、嘉兩座府城。武器是學生體操用的槍，都是眞槍，能連發九顆子彈，而且他們確實儲備了不少彈藥。平時的體操課實際上是軍事訓練」。〔註 33〕湖州的光復，學生軍起了重要作用。當時，「全湖屬（包括長興、泗安等處）的清朝軍隊只有水軍而無陸軍。……

〔註 32〕茅盾《可愛的故鄉》，《浙江日報》1980 年 5 月 25 日第 4 版，孫中田、張立國的調查報告《茅盾的中學時代》引用了印證材料，並說那位台州籍體操教員也參與此役。

〔註 33〕茅盾《可愛的故鄉》、《嘉興一瞥》亦記府中以「學生練習軍事操」的名義，於「（光緒）三十三年十月向本省督練公所購領邊針奥槍八十支」。

浙江省城在農曆九月十五日光復後，次日……湖州府中學堂裡的教員余子泉（杭州人，軍號教師）、陳振甫（杭州人，體育教員）從杭州來到湖州，與我們校長沈譜琴（名毓麟）和代理校長錢恂（號念劬）聯繫，協商決定晚上舉義。當晚，余、陳兩教員和沈校長率領了學生軍數十人（包括尚武公學學生）出發，一面說服了吳興縣知事吳繼彪及駐城水軍周統領，一面包圍警察局，繳了他們的械，並到厘卡總局繳了他們的款，同時在要道上布置崗位。」次晨成立臨時軍政分府，「推舉沈譜琴做了首長。」並成立了百餘人的學生軍，「又擴充了商界自衛團，共同保湖州城。」〔註 34〕嘉興的光復則別有波折：駐防嘉興的清軍統領沈沂山不允反正，方青箱便「運動沈之主力趙廷玉一營，趙允參加」，這樣就迫使沈沂山離境出走，府城遂告光復。〔註 35〕

這兩個府城的光復還有這樣的一些曲折，而茅盾的故鄉烏鎮卻是似難反易。似難，是因爲駐鎮的清朝同知（武官）是旗人，「紳商們覺得不免要流血。幸而那個武官『深明大義』，加之商會裡也籌得出錢，於是平安無事，就掛了白旗。那位旗人官呢，『護送出境』了事。」〔註 36〕還留下了槍枝給商會所辦的商團。像一樁買賣，容易得令人有點詫異了。

「大概是陰曆十一月中，大局底定，嘉興府中學又重復開學。」〔註 37〕茅盾回到了學校。這時，他才知道，「幾位老革命黨其中有計仰先和三位國文教員（朱仲璋不在內）都另有高就，校長方青箱任嘉興軍政分司，更忙，校務由一位新來的學監陳鳳章負責。」〔註 38〕此人一到，師生之間的民主空氣就大不如前，茅盾說，「我覺得『革命雖已成功』，而我們卻失去了以前曾經有過的自由。我們當然不服，就和學監搗亂，學監就掛牌子，把搗亂的學生記過，我是其中之一。大考完了以後，……找學監質問；憑什麼記我們的過？還打碎了布告牌。」動手打碎這記過布告牌的雖然不是茅盾，然而他「在

〔註 34〕邱壽銘《湖州光復回憶》，載《辛亥革命回憶錄》第 4 集，中華書局 1962 年 12 月出版。

〔註 35〕董巽觀手搞《嘉興史料》，轉引自孫中田、張立國《茅盾的中學時代》。

〔註 36〕《回憶辛亥》。參見《我走過的道路》上冊第 85 頁。

〔註 37〕《回憶是辛酸的罷，然而只有激起我們的奮發之心》。

〔註 38〕《我走過的道路》（上）第 85 頁。據浙江二中《校友錄》，陳鳳章名寶忠，民國元年入校任學監，在校半年。汪胡禎《我的中學生時代的回憶》（油印稿）：「我在中學五年，學校校長卻換了四位。」他列出方於笥、陳宜慈、計宗型三人，所遺忘者即陳鳳章。按諸《校友錄》均合榫。計宗型並未「另有高就」，茅盾此憶稍誤。

大考時曾把一隻死老鼠送給那位學監，並且在封套上題了幾句《莊子》」。他憶述這件事的結局時寫道：「我回家後約半個月，學校裡寄來了通知，給我以『除名』的處分，但還算客氣，把我的大考成績單也寄來了。……母親聽說是反對學監的專制而被除名，就不生氣了。……母親說，『到何處去，一時不忙，只是年份上不能吃虧，你得考上四年級下學期的插班生。』」

茅盾在嘉興只上了半年學，然而他在這裡經歷了辛亥革命。當然，這個府城並不在漩渦中心，辛亥革命僅僅在這個地方激起一點浪花。在歷史的浪花裡，這位十五足歲的少年經歷了革命到來時的興奮和期望，還在臨時假內像是深通當前革命情勢似的，向故鄉人們宣傳，做了革命的義務宣傳員。但是，剛剛生活在希望之中，又立刻跌到了失望之境，前後不過幾個月時間。如他所說，「民族史上這一件大事」留下來的，「除了可以不必再拖辮子以及可以不必再做國文的時候留心著『儀』字應缺末筆，此外實在什麼也沒有，於是乎我之不免於解望，又是當然的事」。(《回憶之類》) 從興奮到懷疑，從希望到失望，只有半年時間。雖然他那時限於年齡、囿於見聞，目驗思慮還不深廣，但他的這種經歷也決不能說只是小小的悲歡。不，他是在浙西一隅，從辛亥的浪花裡看到了一幕歷史的壯劇和悲劇。這些十幾歲的莘莘學子，本來不諳革命大義，此時卻滋長了民主自由的思想，卻不能不說是受到這悲、壯史劇的啓示。

三、省城讀畢中學——安定中學一年半

茅盾反覆考慮，決定到省垣杭州。浙西杭、嘉、湖三府，嘉興中學已被除名，湖州中學則不願再回進去，那時兩城又別無他校，轉地杭州是順理成章的；何況省城中學多，至少有三所。

但是，一到杭州，找報紙看，才知道招考插班生的只有私立安定中學。去報名插四年級下學期的又只有他一個人。考試科目只有國文、英文，不試數學，這對茅盾來說，自然很有利，一考就被錄取了。投考時，他借住在一家紙行裡，因爲茅盾家裡開設的泰興昌紙店和杭州的這家紙行有商業往來，每年有二、三千大洋的交易，紙行的收帳員一年兩次到烏鎮收帳，和自家紙店的經理極熟；當茅盾拿了店裡經理的介紹信去找那位收帳員時，他彷彿還見過茅盾。紙行老闆還在樓外樓請客招待。「據紙行老闆說，私立安定中學的校長姓胡，是個大商人，住宅有花園，花園裡有四座樓，每座樓住一個姨太

太。他辦這安定中學是要洗一洗被人呼爲銅臭的恥辱。」(《我走過的道路》(上))這位紙行老闆所說的話，也有不確的地方，那個出資創辦該校的大商人，並未自任校長。《安定中學三十年紀念特刊》記載：

> 清光緒二十七年(民國前十一年，即公元一九〇一年)，杭州胡藻青先生煥，仲均先生彬，暨諸昆季，稟其尊甫趾祥先生乃麟之命，出資六萬八千元，以爲社會公益之用；其時由邵伯絅先生章，陳叔通先生敬第，建議創辦學堂，作育人材，樹救國之根本……定名曰安定學堂，繕具章程，請於清廷，並請以東城葵巷敷文講學廬之屋舍基地，悉數撥用，奏上清廷諭可，聘請項蘭先生藻馨爲學堂監督，……翌年初夏，於七月二十四日，舉行正式開學典禮，安定學堂，於是成立。〔註39〕

創辦兩年後，以其學生程度爲中學，明確爲五年制。辛亥革命以後，該校「遵照民國教育新制，修改章則，本校名稱，改爲私立安定中學校。監督名稱改爲校長。畢業期限五年改爲四年」。〔註40〕這裡所說的改變學制，恰在茅盾轉入該校之後。按：進入民國之後，中小學學制均有縮短，中學由五年改爲四年，另加大學預科。但茅盾在這裡仍以五年制畢業。他是該校第八屆畢業生，畢業於民國二年七月，即是其證。

當時，安定中學的校長是王堯(字晉民)。這位「校長想與杭州中學比賽」(杭州中學後改浙江省立一中)，就延致人才，「凡是杭州的好教員都千方設法聘請來。」這使茅盾得到很有益的教誨。「當時被稱爲浙江才子的張相(獻之)就兼教三校(安定、一中，另一教會辦的中學)的國文課，另一個姓楊的，則兼兩校(安定而外，也在教會辦的中學教國文)。」這兩位都使他銘記不忘。「除了張獻之老師和楊老師，安定中學的歷史地理教員都不錯，教數學的不及嘉興中學，教物理、化學的都是日本留學生。」(《我走過的道路》(上))

張獻之的專長是詩詞，對中國古代韻文的研究用力甚勤，後來有《詩詞曲語辭彙釋》問世，這部獨力完成的工具書至今仍是重要著作，爲治中國古典文學者案頭必備。茅盾憶述他的教學時說：「張獻之老師教我們作詩、填詞，但學作對子是作詩、詞的基本工夫，所以他先教我們作對子。他常常寫

〔註39〕《安定中學三十年紀念特刊》係該校1931年編印。轉引自孫中田、張立國《茅盾的中學時代》。

〔註40〕《安定中學三十年紀念特刊》係該校1931年編印。轉引自孫中田、張立國《茅盾的中學時代》。

了上聯，叫同學們做下聯，做後，他當場就改。……張先生經常或以前人或以自己所作的詩詞示範，偶而也讓我們試作，他則修改。但我們那時主要還是練習作詩詞的基本功：作對子。張先生卻以此代其他學校必有的作文課。」茅盾做詩、塡詞的根底，就是在安定中學的這位良師教導下奠定的。

另一個國文教員姓楊，講授中國文學發展變遷史。「他從《詩經》、《楚辭》、漢賦、六朝駢文、唐詩、宋詞、元雜劇、明前後七子的復古運動、明傳奇（崑曲），直到桐城派以及晚清的江西詩派之盛行。」「他的教法也使我始而驚異，終於很感興趣。……他講時在黑板上只寫了人名、書名，他每日講一段，叫同學們做筆記，錯了給改正，記得不全的給補充。這就是楊老師的作文課。」茅盾從這門課的教學裡，悟出了記筆記的一個方法：「我最初是在他講時同時做筆記，後來覺得我的筆無論如何趕不上楊先生的嘴，儘管他說得很慢。於是我改變方法，只記下黑板上的人名、書名，而楊先生口說的，則靠一時強記，下課後再默寫出來。果然我能夠把楊先生講的記下十之八、九。」（均見《我走過的道路》（上））這種方法使茅盾在課上邊聽、邊強記時，活躍自己的思維，記住講授的次序和理解內容的邏輯安排；而到課後則又用默想默憶來達到複習和加深的目的。老師的教課方法固然好，這位中學生的學習方法卻也稱得上「悟道」有門。

杭州的一年半，是在平淡中過去的。到一九一三年七月，他在安定中學畢業了。該校的檔案裡，至今還保存著茅盾所畢業的屆次——第八屆畢業生的名單；這一屆畢業生共三十名，第十二行列示著：「沈德鴻（燕冰）」。從括號裡所注的字，我們可以知道他屢屢改字，前後已有：雁賓、雁冰、燕斌、燕冰。舊時人們對自己的名比較看重，對自己的字就比較馬虎一點，或改或寫諧音字，都不那麼鄭重其事。此後，茅盾確定以雁冰爲字，並且在大學預科畢業以後，就「以字行」，他的譜名、學名幾乎被代替了。

安定中學的一段生活儘管平淡，但是在他的文史造詣上卻很重要。本來，他從小學開始就積累了許多文史知識，並且在這方面一直表現出他的才能。在湖州，他接觸了先秦諸子書籍（特別是《莊子》），又選讀過兩漢以後直至清代的一些文章；課外讀《世說新語》，這裡的雋永小故事爲他打開了六朝文人、官宦的生活世界。進安定中學以前，《昭明文選》至少讀過兩遍，讀過或涉獵過的古文還有不少。進入安走中學以後，兩門國文課不僅擴大了他的知識，還使他的新舊知識系統化了。他自己說：「青年時我的閱讀範圍相當廣泛，經史子集無所不讀。在古典文學方面，任何流派我都感興趣，例如漢賦及其後的小賦，我在青年時代也很喜歡。……我在十五、六歲以前，作文喜用散體（即所謂古文，那時喜歡的是《左傳》、《莊子》、《史記》、韓、柳、蘇等），二十左右作文用駢體，那時就更喜歡兩漢至六朝的駢體。我那時很看不起明清人的散、駢，頗受明七子書不讀秦漢以下，詩宗盛唐等議論的影響。但我對晚唐詩（如李義山），對宋詞也很喜歡。」（《我閱讀的中外文學作品》）這裡所說的年齡，顯然是用了虛歲。因爲，如果用實歲計算，他二十歲就已在大學預科畢業了，「二十左右作文用駢體」只能專指大學預科三年的情形；事實上不是如此。他初用駢體寫《記夢》，是在湖州中學，實歲十四，虛齡十五，那時當然還只偶一爲之。到了安定中學，跟張獻之學作對句，詩詞，跟楊先生學中國文學變遷史，才「更喜歡兩漢至六朝的駢體」，才大量接觸唐詩、宋詞，這時實歲爲十六、十七，虛歲是十七、十八；「二十左右作文用駢體」是從安定中學讀書時算起的，直到大學預科畢業；實歲二十一、虛歲二十二。證之於前文，「我在十五、六歲以前，作文喜用散體」界限也正好劃在轉入安定中學以前。

茅盾在三十年代初爲《中學生》雜誌所作的《我的中學生時代及其後》一文，曾經說過這樣的話：「我經歷過浙西三府的三個中學校，如果一定要找出這三個中學校曾經給與我些什麼，現在心痛地回想起來，是這些個：書不讀秦漢以下，駢文是文章之正宗；詩要學建安七子；寫信擬六朝人的小札；舉止要風流瀟灑；氣度要清華疏曠，……」因而稱之爲「灰色的，平凡的」生活。但他說這番話，是從脫離實際的狀況而言的：「我的中學時代……沒有現在的那許多問題要求我們用腦力思考，也沒有現在的那許多鬥爭來磨練我們的機智膽略。」這是時代使然，「我的過去的『失著』都好像罪不由己，都好像是早生幾年者該得的責罰似的。」

事情往往還有另外的一面。他並沒有被這種「責罰」所壓倒，也沒有以古書爲逋逃藪而走向消沉。相反，他從勝利了、也失敗了的辛亥革命中培育起民主主義的思想，從廣泛的讀書和嚴格的寫作訓練中建立起文史研究的堅實基礎。這爲他以後投身革命並用筆爲武器進行革命鬥爭，作了準備，儘管在那時還未必是自覺的準備。

在這種情形下，他在中學畢業以後不遵從父親的關於專攻理工科的遺囑，而專修文科，就有其邏輯的必然了。

第五章　大學預科

中學畢業了，茅盾面臨著的是抉擇前行的道路問題。按照茅盾的志願和學業狀況來說，按照家庭的供給能力和家長的決心培育來說，「中學畢業，當然要考大學。」茅盾已經知道，母親決意改變當時小康之家積留遺產給兒孫的傳統做法，要傾財供給兩個兒子上學。「母親早有個計劃。外祖母給她的一千兩（大約等於當時的銀幣一千五百元），自父親逝世後存在本鎮的錢莊上，至此時連本帶息共約七千元之數。母親把七千元分作兩股，我和弟弟澤民各得其半，即三千五百元。因此，她認爲我還可以再讀三年。」。(《我走過的道路》（上）) 餘下的問題，是投考什麼學校，或者說是能夠進入什麼學校。

在選擇學校的問題上，這位能幹的母親也是有主見的。這表現在兩件事上面：

一件事情，是從招生廣告中確定應考學校。「母親本訂閱上海《申報》，《申報》廣告欄上登有上海及南京的大學或高等學校招生的廣告，也登著北京大學在上海招考預科一年級新生的廣告。母親因爲盧表叔此時在北京財政部工作，我若到北京，盧表叔會照顧我，因此，她就決定我去北京大學求學。」〔註 1〕大學預科按當時學制（壬子學制）爲三年，也符合她對茅盾所說的「還可以再讀書三年」的計劃。北京大學原名京師大學堂，入民國後改今名。這

〔註 1〕《我走過的道路》（上）89～90 頁。引文中「大學或高等學校」一語，是就當時學制而言的。民國初，改訂學制，在一九一二年頒行，稱爲「壬子癸丑學制」（清代施行的「癸卯學制」同時廢除）。壬子癸丑學制係仿照日本，大學本科在高等學校之上，高等學校只包括大學預科、高等專門學校，而不包括大學本科。所以，這裡把「大學」和「高等學校」分別而言。大學預科年限爲三年，高等專門學校年限有參差。參見本書附錄之二。

年是改名後第一次招預科生，而且第一次在上海設招考點，這對於長江以南各省中學畢業生是一大方便。

另一件事，是毅然同意茅盾專攻文科。茅盾在七月下旬到了上海，「才知道北京大學預科分第一類和第二類。第一類將來進本科的文、法、商三科，第二類將來進本科的理工科。他自知數學不行，就選擇了只考國文、英文的第一類。他的對於數學的「自知」、對於國文和英文的自信，是他以往十多年學習素養的必然趨歸。考國文，考的是關於中國的文學、學術的源流和發展的幾個問題，這原是他學有根基的內容，何況又有中學最後階段的系統化學習，自然可以應付裕如。考英文，是造句、塡空、改錯、英漢互譯；最後還有簡單的口試。這些，在他也不難通過。當他考畢返鄉，去見母親的時候，自然也說了考這第一類的情況。茅盾後來在《我的小傳》中作過這樣的說明：

> 這時我的不能遵照父親遺囑立身，就是母親也很明白曉得的了。但她也默認了，大概她那時也覺得學工業未必有飯吃，……還有一層，父親的遺囑上，……預言十年之內，中國大亂，後將爲列強瓜分，所以不學「西藝」，恐無以糊口；可是父親死後不到十年，中國就起了革命，……而「瓜分」一事，也似乎未必竟有，所以我的母親也就不很拘拘於那張遺囑了。

默認茅盾「不能遵照父親遺囑立身」，讓這可造之材往可造的路上發展，這位有主見的母親，在這裡顯示出了她的眼光。

魯迅曾說：「我的母親如果年輕二三十年，也許要成爲女英雄呢。」（許廣平：《欣慰的紀念．母親》）茅盾的母親，就見識、幹練而言，至少不在其下。這樣的母親，對於兒子的重大成就，有著不可抹煞的功績。

錄取通知書寄到時，暑假還沒有過完；—個月之後才到北京入學。因爲預科還是新建立的，所以只有新招的一年級學生。「預科一年級的學生人數比本科生多好幾倍。預科第一類的一年級生分幾個課堂上課，每個課堂容納七十人左右。」（茅盾：《也算紀念》）這樣，單是預科第一類的新生就「約有二百多人」。〔註2〕預科在譯學館舊址，宿舍「是兩層樓的洋房，……課堂是新建的，大概有五座，卻是洋式平房，離宿舍不遠」。但這裡的宿舍，只有「樓

〔註 2〕《我走過的道路》（上）第 93 頁。該書又說：「分四個課堂上課。每個課堂約有座位四十至五十。」這與總數「約有二百多人」不合，似以《也算紀念》中所記「每個課堂容納七十人左右」爲確。

上樓下各兩大間，每間約有床位十來個」，當然不能容納所有的預科生，因而，「在沙灘，另有新造的簡便宿舍，二、三十排平房，紙糊頂篷，兩人一間，甚小，……取暖是靠煤球小爐，要自己生火；而譯學館宿舍則是裝煙筒的洋式煤爐，有齋夫（校役）生火。」

「當時北京大學的校長是理科院長胡仁源（湖州人，留美）代理，預科主任是沈步洲（武進人，亦是留美的）。教授以洋人為多。」（均見《我走過的道路》（上））中國教授中，「教中國文學的，有沈尹默，朱希祖，馬氏三兄弟之一（記不清是否是馬幼漁），沈堅士（教文字學）。」朱希祖早在嘉興中學教過茅盾，這時是再結師生緣了，但茅盾不曾留下新的回憶文字。相反，「中國歷史和中國地理的教師給我的印象深」。（均見《也算紀念》）這裡所說的「印象深」，指的是教課或行事頗有突出之處，因其特異，所以記憶猶新。教中國歷史的教授陳漢章，「是晚清經學大師俞曲園的弟子，是章太炎的同學。陳漢章早就有名，京師大學（北大前身）時代聘請他為教授，但他因為當時京師大學的章程有畢業後欽賜翰林一條，他寧願做學生，期望得個翰林。但他這願望被辛亥革命打破了，改為北大以後仍請他當教授。」〔註3〕這位曾經大做「翰林」夢的史學教授，用他自編講義上課時，很有令人吃驚之處。他從上古史開始講起，「重點在於從先秦諸子的作品中搜羅片段，證明歐洲近代科學所謂聲光化電，都是我國古已有之，而那時候，現在的歐洲列強還在茹毛飲血時代。甚至說飛機，在先秦就有了，證據是《列子》上說有飛車。」（《也算紀念》）他是不是強不知以為知呢？不是的。茅盾不久便明白了他的用意所在：

> 我覺得這是牽強附會，曾於某次下課時說了「發思古之幽情，揚大漢之天聲。」陳漢章聽到了，晚間他派人到譯學館宿舍找我到他家中談話。他當時的一席話大意如下：他這樣做，意在打破現今

〔註3〕《我走過的道路》上冊第93頁。茅盾考入北大預科的前一年，沈尹默應聘到預科任教，還見到過這位「差一年就要畢業的……大名鼎鼎的老學生陳漢章」，他的回憶可作印證：「此人那時約四、五十歲，……是一位經學大師，浙江象山人，讀書甚多，頗為博雜。京師大學堂慕其名，請他去教書，他卻寧願當學生。為什麼呢？此人……有一大憾事，就是沒有點翰林。……當時流行一種看法：京師大學堂畢業生，可稱為洋翰林，是新學堂出來的，也是天子門生，陳漢章必欲得翰林以慰平生，因此寧願做學生，從一年級讀起。但是，不久辛亥革命起，……陳漢章畢業了，北大還是踐前約，由他接我的手教歷史，我則教國文去了。」（沈尹默《我和北大》，見《過去的學校》，湖南教育出版社1982年11月第1版）

普遍全國的崇拜西洋妄自菲薄的頹風。他說代理校長胡仁源即是這樣的人物。

原來陳漢章想「出奇制勝」，他用來反對妄自菲薄的「奇」略，卻是妄自尊崇，這就陷入了另一個片面。兩者都沒有科學性。

然而，「他對康有爲的《新學僞經考》很不滿意」，「主張經古文派和今文派不宜堅持家法，對古文派和今文派的學說，應擇善而從」（均見《我走過的道路》（上）），就不失爲持平之論了。

如果說，陳漢章用附會法講古代歷史而有乖史學，那麼有位地理教授則是用考證法講今代地理而無益地學。「教本國地理的教授是揚州人，他也自編講義。他按照大清一統志，有時還參考各省、府、縣的地方志，乃至《水經注》，可謂用力甚劬，然而不切實用。」茅盾已經記不起這位先生的姓名了，沈尹默在敘述當年北大的「怪人怪事」時，提到「預科還有一位教地理的桂蔚丞老先生」的奇聞，如上課時由聽差送一壺茶，一隻水煙袋上講堂，再如講義、參考書秘不示人。（《我和北大》）學生只能聽、不能向他借閱。茅盾所遇的本國地理教授，大約就是這位迂夫子。

前者以古就今講歷史，後者以古代今講地理，這就是兩位教授的特別之處。

教授法頗有可取的是沈尹默。他教國文，沒有講義，「只指示研究學術的門徑」。他要學生博覽，方法是先明大要。關於「先秦諸子各家學說的概況及其互相攻訐之大要」，可「讀莊子的《天下》篇，荀子的《非十二子》篇，韓非子的《顯學》篇」。他要學生「課外精讀這些子書」，但需注意僞書。至於古代論文，他教學生讀曹丕《典論論文》、陸機《文賦》、劉勰的《文心雕龍》，乃至清人章學誠的《文史通義》，旁及劉知幾的《史通》。說清精讀什麼、略讀什麼、注意什麼，由此指點門徑，讓學生自己在讀書中思索，這是沈尹默引導學生自己博覽的教授方法，既不強拉學生走，也不抱著學生走，確然做到了領引入門。

茅盾晚年在《也算紀念》一文裡寫過這樣的話：「教員中間，教外國歷史，英國文學史，第二外國語法文的，全是洋人；笑話很多，這裡不必多說。」但他在長篇回憶錄《我走過的道路》裡卻爲我們作了敘述。他舉其數端：

其一，「教法文的人不懂英語，照著課本從字母到單字，他念，我們跟著學。」這樣，懂英語而初讀法語的學生無法明白詞義語意，「幸而那課本是法國小學用的，單字附圖，我們賴此知道字是指什麼東西。聽說這法國人是退伍的兵，是法國駐使館硬薦給預科主任沈步洲的。」

其二，外國文學讀英國司各特的《艾凡赫》和狄福的《魯賓遜飄流記》，兩個外籍老師各教一本。教《艾凡赫》的外籍老師試用他所學來的北京話，弄得大家都莫名其妙，請他還是用英語解釋，我們倒容易聽懂。」

這幾門課到第二學期都換了人。《艾凡赫》和《魯賓遜飄流記》都由中國人教了。法文換了一位波蘭籍教師，他兼教法文和德文，用英語解釋，當然與那位退伍兵不能同日而語，但也鬧點小小的笑話：「因其也教預科第一類學生之選學德文者，在……教法文時，有時忽然講起德語來。」

教世界史的，是個英國人。但教學內容，「實際是歐洲史」。那時國際史壇上流行歐洲中心論，不獨他一人如此。所以，用歐洲史代替世界史，就使人笑不出來，只能扼腕歎息。

外籍教師中，也有知識豐富、教法很好的。茅盾認爲，「最使我高興的，是新來的美籍教師。……他教我們莎士比亞戲曲，先教了《麥克白》，後又教了《威尼斯商人》和《哈姆萊特》等等，一學期以後，他就要我們作英文的論文。他不按照一般的英文法先得學習敘述、描寫、辯論等的死板規定，而出個題目，讓我們自由發揮，第二天交卷。」茅盾當時「出手雖快，卻常有小的錯誤」。（《我走過的道路》（上））可見他的英文程度之一斑。

到預科畢業時，不滿二十歲的茅盾，已經很好地掌握了這一外語工具，達到了精通的程度。這使他通過英文本，閱讀了不少外國文學書籍。他在一九六二年所作的自述中說：「外國文學，我也是涉獵的相當廣，除英國文學外，其它各國文學我讀的大半是英文譯本。原因是那時候，卅年前，漢文譯本少，而且譯的不好。」（《我閱讀的中外文學作品》）後來在一九七八年也說：「五十年前的青年不得不自己去閱讀大量的書籍然後能摸索到如何解剖一部外國文學名著。……他所要解剖的外國文學名著，當時並無可靠的譯本，或甚至並無譯本。……參考書籍在當時又只有外文的，並沒有譯本，所以若不精通外文就寸步難行。」（《爲介紹及研究外國文學進一解》）由一九六二年上推三十年、由一九七八年上推五十年，乃是二十年代後期、三十年代初期。茅盾依靠英文從事外國文學的閱讀和研究，固然始於二、三十年代，但應當說，他在北大預科讀書時，就已經以他的刻苦學習而奠定基礎了。

預科三年，經史子集也仍在閱讀。且不說別的，單是二十四史就很可觀了。他雖然沒有全讀，但這正是他懂得讀書方法的明證。他三年寒假都沒有回家，專讀二十四史。「寒假是一個月又半，三年是四個月又半，當時除前四史是精讀，其餘各史不過流覽一遍而已，有些部分，如關於天文、河渠等太專門了，我那時也不感興趣，就略過了。」〔註4〕

儘管如此，然而他說：

> 讀完了三年預科，我還是我，除了多吃些北方的沙土，並沒有新得些什麼，於是我也就厭倦了學校生活了。(《我的中學生時代及其後》)

這段話，是從當時的教育制度來說的，那時的學校教育「使得我的感情理智以及才能，沒有平衡的發展」，沒有「能夠發展你的才具、充實你的生活」。這，可以從兩層來理解：

第一層，北大預科的教授，大體而言，是使他失望的。他說：「我那時在北京大學盡看自己喜歡的書，不聽講，因爲那時的教授實在也不高明。」(《我閱讀的中外文學作品》)

第二層，當時正是袁世凱陰謀稱帝，辛亥革命成果中的最後一個——廢除帝制眼看也要喪失的時候，袁世凱爲換取日本承認「中華帝國」而簽訂的二十一條密約已經傳出，國事日非，使每一個有愛國心的人都憂心如焚。茅盾在難耐的黑暗中，當然感到在這種學校教育中，他的感情理智得不到發展，生活更談不上充實了，認爲「並沒新得些什麼」了。

但是，在茅盾畢業的前一年，《青年雜誌》(《新青年》的前身）創刊了。這份雜誌漸漸受到了他的注意。以這個雜誌爲號角的新文化運動正在醞釀之中。正是這個刊物和一些介紹新思想的書籍使他得到啓迪，「感到刺激力很強，以前人好像全在黑暗當中，到那時才突然打開窗戶。」〔註5〕

一九一六年七月，茅盾在北京大學預科畢業。由表叔盧鑒泉介紹，他進了上海商務印書館編譯所。

青年茅盾，「摸索著追求著眞理，努力想求得生活何以如此，又應當怎樣的答案。」〔註6〕

〔註4〕《我走過的道路》(上）第97頁。「前四史」指《史記》《漢書》《後漢書》《三國志》。

〔註5〕韓北屏《茅盾先生談「五四」》，《文哨》第28期，1946年5月2日出版。

〔註6〕茅盾《致胡萬春》，《文匯報》1962年5月20日。

結語

如果按照古人的習慣說法，男子二十歲稱爲弱冠。弱冠，是成年的標誌。茅盾在跨進成年時代以前，除了學前階段，都是在學校裡度過的。這二十年歲月，他經歷了舊民主主義革命，迎接著新文化運動的浪潮。時代的風雨既爲茅盾所感受，也推動著他前行。

茅盾生在清末，那時「新學」激蕩，素稱文化發達的杭嘉湖平原也被波及。通過家庭的影響，他幼小的時候就接觸到了「新學」。他的父親的短暫一生都生活在故鄉，足不出浙西門戶，卻以秀才的身份服膺「新學」。既鑽研數學，又涉獵聲光化電，還購讀新書刊，其中不僅有譚嗣同所著的《仁學》、梁啓超所編的《新民叢報》，還有留日浙籍學生所辦、在日本印成運回國內暗中發行的《浙江潮》。〔註 1〕依照他父親的主張，他的啓蒙教師——母親採用新學堂的課本作教材，這在當時是罕見的。如果說，蒙學、小學階段的茅盾，因爲年幼，對「新學」並不顯示出怎樣的熱心，僅僅是蒙受其有限的若干知識之賜，那麼後來他對辛亥革命及其帶來的民主思想則表現出相當的熱情。當時，反對君主專制、贊成共和政體，已是民心之所急，何況他在辛亥革命前就讀的湖州和嘉興兩所府學堂裡，教師中有著「不露相」和「露相」的革命黨人，茅盾在他們的潛移默化之中受到過革命影響。因此，他曾以興奮的心情在嘉興期待革命勝利的信息。誠然，辛亥革命在他面前出現的閃光並不

〔註 1〕參見《茅盾同志的二十四封信》後面附錄的「茅盾同志對《論茅盾四十年的文學道路》（一九六三年版）的審閱意見」，載《中國現代文學研究叢刊》1981年第 4 期。

曾蔚爲大觀，相反，漸漸地使他失望了；但是這次革命卻使他擴大了生活的視野，他的追求新知識、接受新思潮的道路也得到了開拓。杭州安定中學畢業後考取北大預科，在這所著名的學校（雖然還不曾達到蔡元培長校時的聲名）裡，他擴展了舊學和新學的知識領域，耳濡目染，見聞增長，提高了對現實的認識。

茅盾當學生的時候，讀書很多，興味很濃。課外讀得最早、此後又樂此不疲的，是小說。他自己說：「中國的舊小說，我幾乎全都讀過（包括一些彈詞）。這是在十五、六歲以前讀的（大部分），有些難得的書（如《金瓶梅》等）則在大學讀書時讀到的。……我家有一箱子的舊小說，祖父時傳下，不許子弟們偷看，可是我都偷看了。這些舊小說中有關色情的部分大都已經抽去，——不知是誰做的，也許是我的祖父，也許是我的父親。大概因爲已經消毒過，他們不那麼防守得嚴緊，因而我能夠偷看了。」這個時候，他所讀的書並不局限於小說。「我的閱讀範圍相當廣泛，經史子集無所不讀。在古典文學方面，任何流派我都感興趣，例如漢賦及其後的小賦，我在青年時代也很喜歡。……我那時很看不起明清人的散、駢，頗受明七子書不讀秦漢以下，詩宗盛唐等議論的影響。但我對晚唐詩（如李義山），對宋詞也很喜歡。」「元、明戲曲，一般都喜歡，但不大喜歡《琵琶記》。」反映在他學生時代的作文上，則是：「我在十五、六歲以前，作文用散文體（即所謂古文，那時喜歡的是《左傳》、《莊子》、《史記》、韓、柳、蘇等），二十歲左右作文用駢體，那時就更喜歡兩漢至六朝的駢體。」（均見《我閱讀的中外文學作品》）這裡的年齡之分，大體上相當於中學畢業前後作文好尚的說明，從小學到中學，好作散體，自入北大預科以迄畢業後的最初年代，好作駢體。當然，他在北大預科，不只讀中國書，「對於外國文學，我也是涉獵的範圍相當廣，除英國文學外，其它各國文學我讀的大半是英文譯本。」「我讀過不少的契可夫的作品，但我並不十分喜歡他。我更喜歡大仲馬，甚於莫泊桑和迭更斯，也喜歡斯各德。我也讀過不少的巴爾扎克的作品，可是我更喜歡托爾斯泰。……我喜歡《神曲》，甚於莎士比亞。」這樣廣泛的讀書，自然不是在北大預科中完成的，但這三年不僅是開其端，而且是讀得不少，「我那時在北京大學盡看自己喜歡的書，不聽講，因爲那時的教授實在也不高明。」〔註2〕顯然，他是在自己讀書中尋求

〔註 2〕均見《我閱讀的中外文學作品》。茅盾廣讀外國文學，取得豐富的營養，這對他後來的創作也有影響。例如《子夜》，就採取了《安娜·卡列尼娜》的雙線

新知識，滿足自己的文學欣賞與研究的欲望。

單就文學而言，茅盾稍後的文學評論活動正肇基於這個時候，更後的文學創作活動也種因於這個時候。他從事創作，不僅獲益於此時的大量閱讀，而且還常常調動早年的生活積累（當然又不斷有所補充）。正是在「五四」以前，他建立了第一個生活基地，第一座知識寶庫。

此時的茅盾，既沒有走上文學道路，更沒有走上革命道路。然而，現實的見聞、生活的感受、文史的素養已經爲他作了奮然而行的準備。待到新文化運動的浪潮湧起、五四運動興起，他就一步一個腳印地追求眞理了。

在我國社會從舊民主主義革命推向新民主主義革命的偉大歷史年代，茅盾進入了他的成年。不久，曙光就在他的面前透現，他尋求到眞理並爲之奮鬥的歲月就要開始了。

結構，托爾斯泰筆下的安娜、列文兩線，在《子夜》裡就化爲城市、鄉鎮兩線（當然在運用上頗有不同）；林佩瑤形象的塑造也似乎借鑒了安娜，雖則林仍然是中國的一個女性。

附錄一　茅盾少年時代《文課》考論

王爾齡　孔海珠

茅盾同志少年時代的兩冊《文課》，經過多年塵封，終於像出土明珠，成爲稀世之珍。一代文宗的少年之作，保存至今，殊屬難得，人們因此目之爲中國現代文學的罕見史料，稱之爲彌足珍貴的文物。

這兩冊《文課》，係用毛邊紙線裝訂製，長二四〇毫米、寬一四五毫米，除封面略殘外，基本無損。近承收藏者浙江省桐鄉縣文化局允爲抄錄，並惠以照片，得以瞭解全貌。今試作考論，願以此就正於方家。

一

《文課》之爲茅盾眞跡，已無可疑，需要考定的是這手稿寫作的年代。《新文學史料》載文說：

> 最近，我們在整理文物倉庫時，發現了二本重要手稿，經初步鑒定，係清宣統元年（1909）沈雁冰（茅盾）同志十三歲少年時期的作品，……〔註 1〕

這一「初步鑒定」，尚需討論。

誠然，兩冊中間，有一冊確是一九〇九年的文稿。這冊的扉頁上茅盾（當時用學名沈德鴻）自書：

> 己酉年　上學立
>
> 　　第二冊
>
> 閏二月初九日起至

〔註 1〕《茅盾同志少年時期文稿在桐鄉發現》，《新文學史料》1982 年第 1 期「軼聞軼事」欄。

己酉年就是宣統元年，公曆一九〇九年。這一年的確閏二月，可以證明所書干支不誤。「上學」即開始到校，第一行文字表明立冊時間爲己酉年開始到校之時。第三行的「閏二月初九」即陽曆三月三十日，這是第一篇作文的日期；「至」字之後原空，待填最後一篇寫作月日，但後來終於未填。這「第二冊」，是一九〇九年上半年的作文，自屬確鑿無疑。

那麼，另一冊是否亦「係宣統元年」的作文呢？在本冊中查不到年代，只留下季節、月日。本冊中間的《信陵君之於魏可謂拂臣論》這個文題的前一行，注明「秋季考後」字樣，《論陸靜山蹈海事》篇後教師所寫總批，注明批改日期「十月初七夜」，《秦始皇漢高祖隋文帝論》篇後總批又有尾注：「十月望後三十燈下」。此爲下半年所作已甚明。但究屬何年？我們認爲決非「宣統元年」，而是光緒三十四年，即戊申年，公元一九〇八年。我們的證據如下：

第一，茅盾在一九〇九年上半年，是烏青鎮高等小學五年級學生，〔註 2〕這年夏天，他提前半年畢業，「因爲在高小畢業時已改爲秋季始業，而進去時還是春季始業。」（《茅盾同志答問》）這年秋季開學時，他已考入湖州府中學堂二年級（《我走過的道路》（上）），就不可能再有高小時的作文了。

有沒有可能是茅盾回憶考入中學的年代記錯了時間，或者竟是他中學時期的作文呢？也就是說，有沒有可能作於一九〇九年秋季或更後的年代？我們且看內證。

第二，這冊不著年代的作文本，第一篇是《學部定章，學生畢業以學期爲限，諸生肄業本校，有學期已滿而學力未足，有學期未足而學力尚優，若舉辦畢業則學力虧者恐少根柢，而學期缺者又恐遭批駁，於諸生學問功名均有所關，宜何如辦理盡善，諸生於切已之事謀慮必周，不妨直陳意見，以定辦理之方針》，〔註 3〕顯然是因爲有提前畢業之說而命此題。茅盾在文章裡自述：「學期未滿足，而自揣學力尚可足數，未知能許於畢業之列否？」教師在篇後總批中也說：「生於同班年最幼，而學能深造，前程遠大，未可限量，急思升學，冀著祖鞭，實屬有志。」〔註 4〕均可證知作文時年限未滿，而有提前

〔註 2〕按清末癸卯學制，初等小學五年、高等小學四年、中學五年。但似乎不盡一致。茅盾在《我的小學時代》裡說，這所高小五年畢業，他從三年級插班讀起。

〔註 3〕此處照錄原題，唯原題並不點斷，今加新式標點。題內「切已」之「已」當是「己」字之誤書。文題如此之長，在清末不足怪，當時雖已廢科舉，但文題仍有科舉考試策論人餘風。

〔註 4〕原作僅施句讀，教師批語且不斷句，引用時姑加新式標點，下同。又，此處

畢業之議，如果是一九〇九年下半年的作文，則已過高小原定畢業之期，根本不存在「急思升學」的問題了。至於是否爲中學時作，那更不可能，因爲此篇又有「生在堂三載」之語，而他的中學階段，跳了一級，只讀四年，這四年中前後歷三所學校，少則半年，多則兩年，所以，若以「秋季」執筆時說，則入校至多一年半，並不曾有一所中學能使他說「在堂三載」(那怕是年尾年首各算一年)。

第三，沒有避宣統皇帝名諱，亦是並非作於「宣統元年」之證。宣統之定爲嗣君，是在一九〇八年十一月十四日。《清史稿・宣統皇帝本紀》:「宣統皇帝名溥儀，……（光緒）三十四年冬十月壬申，德宗（光緒帝）疾大漸，太皇太后（慈禧，那拉氏）命教養宮內。癸酉，德宗崩，奉太皇太后懿旨，入承大統，爲嗣皇帝」，次年改元。十月爲癸丑朔，是月癸酉日，即二十一日，陽曆爲十一月十四日。從這時起，臣民凡寫「儀」字，均應「敬缺末筆」。茅盾少年時亦然。他後來回憶說，辛亥革命後，「可以不必再拖辮子以及可以不必再在做國文的時候留心著『儀』字應缺末筆」。(《回憶之類》) 而這一冊作文裡，《禮器言禮者體也，祭儀言禮者覆也，同一禮也，而彼此異解，何歟？》題、文數見「儀」字，都沒有缺筆，未避宣統帝之諱，可見是在宣統即位之前；也就是說，這冊作文的年代不可能「係宣統元年（1909)」，只能是在一九〇八年十一月十四日之前。(在這一短文之後，還有文字義訓三則，殿此一冊，這最後的三則當然可能寫在宣統帝嗣位之後。)

該冊各篇的寫作年代，下限已如上述，上限則可考知爲一九〇八年秋季。宣統元年以前，茅盾讀過家塾、私塾、初等小學、高等小學。家塾本無畢業與否的問題，私塾，在清末只有經勸學所認定，由地方官詳司備案的改良私塾才可取得准予學生畢業的資格，但這已是宣統二年的事，與茅盾無關，而且他在私塾就讀，只有「半年多」(《我走過的道路》(上)) 更不涉畢業問題。他在立志初等小學由三年級始讀，一直讀到畢業，但這本作文本不可能是初小的課業，因爲其中有一篇《翌日月蝕文武官員例行救護說》，述月蝕知識甚爲明白，這是僅僅開設國文、算學、修身三門課程的立志初等小學所不曾傳授的，而烏青鎮高等小學則有物理課，才有可能就這樣的文題寫出解釋月蝕現象的文章。因此這冊作文本只能是「第二冊」之前的一本，下文提及時我們就稱

所引，乃教師修改過的文字，茅盾原文是:「學期本未足，而自揣學力尚可足數，未知諸先生鈞意然否？」

第一冊。但兩冊並不是同一學年的兩個學期的課業。因爲那時是春季始業，第一冊寫於一九○八年下半年，在四年級；第二冊寫於次年上半年，已是五年級了。

二

《文課》的發現將爲茅盾研究帶來怎樣的意義，當然是我們關注的問題。中國現代文學史上至今還沒有這樣的先例：占著重要地位的作家，竟有小學時代的作文，歷數十寒暑而仍留世間，並且多達三十餘篇。這樣的文獻資料，它的價値是多方面的，作爲鄉邦文物的意義姑且不說，它所提供的作家研究史料當然也比任何回憶材料更有直接的時代感，可信的程度也更高。與有關的其它史料相印證，相補充，可以得到茅盾少年時代思想和生活的詳實材料。這些史料，至少爲我們揭示出：茅盾少年時期讀書相當廣泛，有著豐富的知識，愛國的思想，語言學習也相當認眞，有駕輕就熟的駕馭能力，他聰穎過人，也許可以說有天才，然而他的成就更要歸功於學力。

關於他的學識積累和課語修養，在兩冊作文裡有著令人驚羨的反映。三十七篇中，史論最多，占十七篇；時論次之，占六篇；思想修養論五篇，策論兩篇，文字訓釋一組六則，散文一篇。寫得最多，也最見功力的是史論。除了《蘇季子不禮於其嫂論》略嫌蕪雜外，其餘各篇都是讀史有得、獨具史識、語多精到、筆力雄健之作，教師的美評也幾乎篇篇都有。文字義訓六則，每則不足三百字，卻只是答題而已，一無評語，恐怕是比較遜色的文章，但是我們只要想一想，作者還是十二足歲的少年，也就不會苛求了。

就史論而言，少年茅盾對歷史書籍涉獵既廣，知識積累又多，這使他運用起來得心應手。早在進家塾（虛歲七歲）以前，他的母親陳愛珠就成了他的「第一個啓蒙老師」，除了授以《字課圖識》《天文歌略》《地理歌略》，還有就是「她初嫁時父親要她讀的《史鑒節要》」（《我走過的道路》（上））。一九○三年，虛歲八歲進立志初級小學插三年級，在這三個年頭裡，「讀的是文明書局當時出版的修身教科書，還有《禮記》。作爲選文讀的，是《古文觀止》。」（《我的小傳》）我們知道，《古文觀止》小半是從歷史典籍裡節錄的。一九○六年冬考取高等小學，有八門功課，而其中國文一門就先後讀了《禮記》《易經》《左傳》《孟子》，《左傳》有春秋時代的歷史知識，《禮記》有漢代及漢以前的典章制度知識。而且，在初小的三年中已經有了語言和寫作（當然是文言）的訓練，「《速通虛字法》幫助我造句，《論說入門》則引導我寫文章。……沈聽蕉先生每週要我們寫一篇作文，題目經常是史論，如《秦始皇漢武帝合論》之類。他出了題目後，照例要講解幾句，暗示學生怎樣立論，怎樣從古事論到時事。我們雖然似懂非懂，卻都要爭分數，自然跟著先生的指引在文章中『論古評今』。然而我這十歲才出頭的兒童實在沒有這方面的知識和見解，結果，『硬地上掘鱔』，發明了一套三段論的公式：第一，將題目中的人或事敘述幾句；第二，論斷帶感慨；第三，用一句套話來收梢，這句套話是『後之爲XX者可不X乎？』這是一道萬應靈符，因爲只要在『爲』字下邊填上相應的名詞，如『人主』『人父』『人友』『將帥』等等，又在『不』字之下填上『愼』『戒』『懼』『勉』一類動詞就行了。每星期寫一篇史論，把我練得有點『老氣橫秋』了，可是也使我的作文在學校中出了名，月考和期末考試，我都能帶點獎品回家。」（均見《我走過的道路》（上））「發明」這樣「一套三段論的公式」其實已經難爲了「這十歲才出頭的兒童」了，因爲教師命題後的「講解幾句」，「當然不會怎樣具體的」（《我的小學時代》），落筆時要「敘述幾句」入題，必得瞭解所論的史事，要有「帶感慨」的論斷，也須能夠下確切的（至少是基本明確的）論斷；「萬應靈符」的「套語」，固不足訓，但是以稚年的小學生來說，能夠想出它來，也有些機敏了。值得重視的自然還是其後在高等小學時的史論，我們從後者已看不到前者那種「三段論的公式」了。且看他怎樣寫《信陵君之於魏可謂拂臣論》。文章的入題就不是「敘述幾句」有關史事，而是從一般說到個別。他先提出：「天下未亂，而知亂機之已伏，國家無變，而知變端之將萌」，〔註 5〕其時英雄豪傑「洞悉其隱」，甘願「蒙毀犯謗」，不惜己身，而以救危爲重。這實際上已把「拂臣」之義隱括進去了。拂臣既然識亂知變而施救治，並置譭謗於不顧，那麼，說明了這些，具體論述信陵君就好說了。然而，歷史人物是生活在一定的歷史環境裡的，不能用一般來套個別，作者也不曾這樣做。該文論信陵君，就在論人之中表出當時安危大勢。在這裡，少年茅盾顯示出了他的歷史知識和論辯才能。他說信陵因竊符而「卒爲天下後世罪，」並且舉出了兩個可罪的理由：「秦兵方強，使信陵救趙而兵喪也，則魏將安保？」「魏王知害不從，而信陵竊君之重」似乎就不顧利害，不計後果，以弱擊強。這兩個理由，看起來能夠成立，但他卻舉重若輕地予以駁掉了：用「唇亡齒寒」來說明「魏王不

〔註 5〕這兩句，教師已改了兩個字：「變端」原文作「變亂」，「將萌」原文作「將來」。

悟而信陵知之」，用「秦圍趙久，秦力疲矣」來說明「信陵之舉，蓋有成竹在胸」，而不知利害的恰恰是魏王。這樣虛退實進之後，又順其筆勢引荀卿之言，點明「拂臣」的概念，進一步論說作爲拂臣的信陵爲罪爲功的問題。豐富的歷史知識使他能夠擴展視野，舉出正反四個史例：「呂甥矯詔而晉侯返國，馮諼假命而薛氏歸心，陳湯矯制而漢威震，岳飛班師而宋室傾。」四例依春秋、戰國、西漢、南宋的時代先後排列，後三例較熟而前一例較僻，呂甥假傳被囚於秦的晉惠公之命，收拾國內人心「征繕（修甲兵）以輔孺子」，使秦國知晉「喪（失）君有君，群臣輯睦，甲兵益多」，因而釋放晉惠公。這一史事，是少年茅盾熟諳《左傳》故事信手拈來的，合其餘三事，揭示信陵之功。如果這樣寫到信陵君「成國之大利」而收束，也能完成一篇史論了，但他又翻入一層，補上重要的一筆：「信陵之功，可爲拂臣；信陵之志，不可爲拂臣，」正是在後一點上，信陵「以狥親（指信陵君因姐夫平原君之請而救趙）爲英名之累」。這是緊扣題目，深化論點，足以見出作者的史識。目光如劍，筆活似龍的史論，在兩冊《文課》中在在皆是。《馬援不列雲臺功臣論》就獲得教師這樣的評語：「馬援以椒房之戚，不列雲臺，前人之論多矣，作者復以公私二字，互相推闡，入後又翻進一層說，足見深人無淺語。」《管子稱天下才而孔譏器小孟斥功卑試論其故》從王、霸上來解釋其故，最後的論斷是：「孔子曰：『微管仲，吾其披髮左衽矣。』其功績之高可知。然而孟子時不同也。嗚呼，仲能助桓公霸天下，而振興王紀，夫亦人傑也哉。」教師的評語是：「褒貶悉當，斷別謹嚴，是讀史有得者。」所謂「褒貶悉當」，自是由當時尊孔傳統來說的，作者也多少受此局限，但他解釋孔譏、孟斥之故既鑿然有據，評定管仲爲「人傑」又卓然有見，「讀史有得」洵非謬也。類似的文例，還有不少，這裡就不多舉了。只此一瞥，也就可以明白先時的「公式」已經毫不足以範圍少年茅盾了，無怪教師要說：「有精練語，有深沉語，必如此，乃可講談史事。」〔註 6〕「筆意得宋唐文胎息，詞旨近歐蘇兩家，非致力於古文辭者不辦。」〔註 7〕

史論如此，時論、策論、思想修養論亦說理明白，時有警策之言。《青鎮茶室因捐罷市平議》，對於「吾青鎮茶室，因捐罷市，論者洶洶，以爲茶室乃無謂空費之地，本應出捐以助公款」，他力排眾議，提出「茶室之罷市不從，

〔註 6〕《文課》第二冊中《燕太子丹使荊軻刺秦王論》篇後評語。
〔註 7〕《文課》第一冊中《信陵君之於魏可謂拂臣論》篇後評語。

不得謂以私念而敗公事」，理由是：「區區茶捐何足敷用」，「警察非所以衛大商及富家耶，則此款宜大商富家出之，又何必與小民纏擾不已哉！」〔註8〕其識高，其語深，教師稱之爲「至論」，並非溢美。

雖是命題作文，而且有時在題目上有所限制（如論管仲，要求解釋孔孟對管仲的評價有何根據），但仍然顯示出他的幼慧和才識。前面我們已說到了一些，然而還不夠。這裡必須指出的是，在兩冊《文課》裡，愛國主義思想灼然可見。引文多了易致冗長。我們且從兩篇作文裡稍作引證。《富弼使契丹論》論的是北宋史事，而關於「挽時艱、振國威」的思想感情溢於紙上，結末又言：「雖然，男兒生當效死，弼其壯男兒耶？假令富弼而在，余雖爲之執鞭，所忻慕焉」。令人立刻悟出作者處於列強環伺之時的情緒意念。第一冊裡有《家人利女貞論》，這個題目本身含有重男輕女的思想，少年茅盾行文之際也不可能不涉「男正而後女正」，似乎談不上有什麼好思想了，豈料曲終雅奏：「男女正而家道正矣，亦猶國之先正宮帷，而後天下治也。」清末曾是慈禧顢頇專橫的時期，這個結束語就有皮裡陽秋的筆法。

若說茅盾幼慧，誠然不錯。但是，「小時了了，大未必佳」不也是一句哲理性的話麼？茅公一生的成就，當然證明了他此後是離「未」而向「必」發展的。他的兩冊《文課》，是他敏而好學的實證。看似容易實艱辛，他自幼廣求知識（不獨文史），像蜜蜂一樣，採過許多花這才釀出蜜來。

三

少年茅盾是可造之材，《文課》的批改教師是看得很清楚的。兩冊《文課》的評語，器重、深望之言不絕於書。評語字跡出一人之手，這位伯樂是誰呢？這裡想順便作一些探索。

茅盾的回憶錄《我走過的道路》記述烏青鎮高等小學讀書的前塵影事時，說：

> 教國文的有四個老師，一個就是王彥臣，……他教的好像是《禮記》。一個叫張濟川，外鎮人，他是中西學堂的高材生，由校方保送到日本留學兩年回來的，他教《易經》，又兼教物理和化學，……另外兩個國文教師都是鎮上的老秀才，一個教《左傳》，

〔註8〕這幾句稍經教師修改，「不得謂」原文作「亦非」，「以私念而敗公事」原文無「而」字。

一個教《孟子》。

如果並不因爲年久失於記憶，國文教師確然就這四位，那麼可以認爲，《文課》批改者以張濟川最爲可能，他是教《易經》的，兩冊《文課》中，第一冊有文字訓釋一組六則，《易》占三分之一，又有《家人利女貞說》題亦取《易》。他是留學日本的，第二冊有《西人有黃禍之說試論其然否》，非留心世界言論者就不敢出這樣的題目。最有力的證據，是第一冊有《翌日月蝕文武官員例行救護說》，若非留心新學，就不會出這樣的文題，張濟川「兼教物理」，課堂上講過這類知識，他才會想到這個題目，才會有把握讓學生有話可說。而少年茅盾，對月蝕現象「乃地掩月所致」說得很明白，「月球繞地，地又繞日，月本無光，藉日光以反照」的自然知識說之甚詳，這在今天當然不足爲奇，那時還是「例行救護」天狗吃月亮的清朝季世呀！該文有眉批：「物理甚明。」這樣的批語，也只宜出於「物理甚明」的教師之手。其餘三位，一位是王彥臣，茅盾讀小學之前所進的半年私塾，就是他教的，「父親叮囑他教我新學，但他不會教。」〔註 9〕別兩位都是鎮上的老秀才，當時也不可能懂得這樣的物理知識——是的，這一點知識，在地理課上也可能獲得，但這所高等小學並無地理課程設置。

綜上所說，這位可敬的樂育英才的教師，似乎就是張濟川了。

以上考論，只是我們對《文課》的初步研究，倘能略窺睚眦，於願已足；自然，就是這一些，也不敢自是，寫出來公諸同好，無非是拋磚引玉而已。

〔註 9〕《我走過的道路》（上）第 63 頁。

附錄二　茅盾就學時的學制

茅盾上學，是在二十世紀初葉，還在清末；中學畢業，已是民國初年。清末學制，由《奏定學堂章程》規定，該項章程頒佈於光緒二十九年十一月二十六日，是年依干支紀年，爲癸卯年，因而稱爲癸卯學制。頒佈的日期如果換成公曆，已是一九〇四年一月十三日，但教育史書籍仍把注爲一九〇三年，蓋未細察農曆已近臘月，公曆已度過了一九〇三年。民初學制，由當時教育部於一九一二年頒行，次年有所變動；這兩年的干支紀年爲壬子、癸丑年，所以合稱壬子癸丑學制。

爲使讀者瞭解當時學制，我們把癸卯學制圖、壬子癸丑學制圖附錄於後。它們原刊陳青之《中國教育史》（商務印書館 1936 年版），今從舒新城編《中國近代教育史資料》上冊（人民教育出版社 1961 年第 1 版）轉抄製版。陳著《中國教育史》並有敘述說明，舒編《中國近代教育史資料》上冊亦收錄，本書按舒編《資料》附載這些文字資料時有所節略，以刪節號爲記，標題依舒編《資料》，學制圖原題《癸卯（1903）學制圖和壬子癸丑（1912～1913）學制圖》，析而爲二。

癸卯學制圖

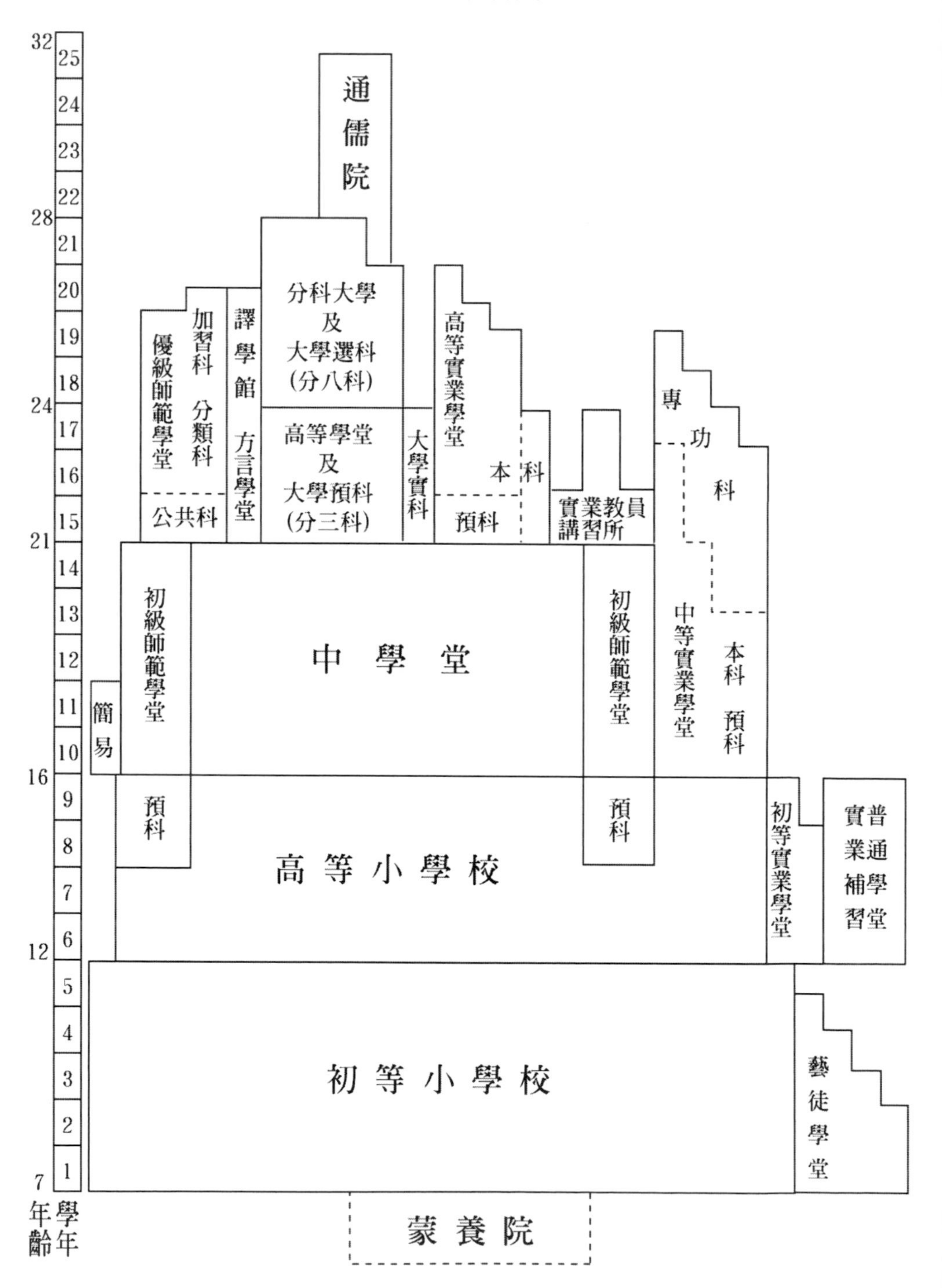
通儒院
分科大學
及
大學選科
(分八科)
高等學堂
及
大學預科
(分三科)
優級師範學堂
加習科 分類科
公共科
譯學館 方言學堂
大學實科
高等實業學堂
本科
預科
實業教員講習所
專功科
中學堂
初級師範學堂
預科
簡易
中等實業學堂
本科
預科
高等小學校
初等實業學堂
實業補習學堂
普通學堂
初等小學校
藝徒學堂
蒙養院
年齡
學年

壬子癸丑學制圖

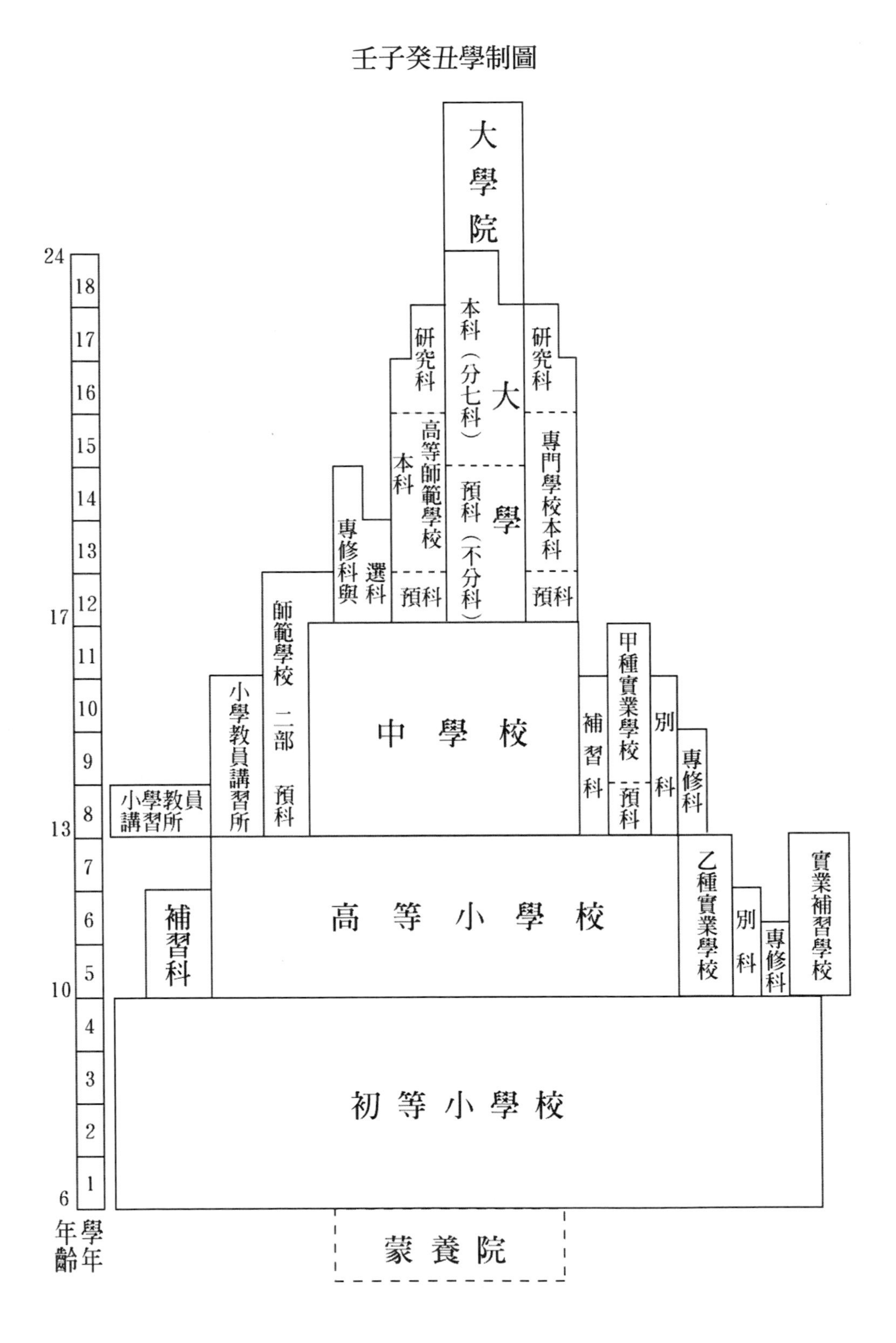
大學院
大學
本科（分七科）
預科（不分科）
研究科
高等師範學校
本科
預科
研究科
專門學校本科
預科
專修科與選科
師範學校
二部
預科
小學教員講習所
小學教員講習所
中學校
補習科
甲種實業學校
預科
別科
專修科
高等小學校
補習科
乙種實業學校
別科
專修科
實業補習學校
初等小學校
蒙養院
24
17
13
10
6
18
17
16
15
14
13
12
11
10
9
8
7
6
5
4
3
2
1
年齡
學年

關於癸卯（1903）學制

《奏定學堂章程》頒佈於光緒二十九年十一月二十六日，共計十六冊，計二十餘種。自豎的方面看，整個教育也是分著三段七級：第一段爲初等教育，分爲蒙養院、初等小學及高等小學三級；第二段爲中等教育，只有中學堂一級；第三段爲高等教育，分爲高等學堂或大學預備科，分科大學及通儒院三級。除蒙養院半屬家庭教育，殊非正式學堂外，兒童自七歲入小學，至三十歲〔註1〕通儒院畢業，合計二十五年。自橫的方面看，除直系各學堂外，另有師範教育及實業教育兩系。師範教育分初級及優級兩等，合計修學八年。實業教育除藝徒學堂及實業補習普通外，分初等實業、中等實業及高等實業三等，合計修學十五年。此外還有譯學館及外省的方言學堂，屬於高等教育段，約計修學五年。此外還有進士館，爲新進士學習新知識設立的；有仕學館，爲已仕的官員學習新知識設立的，修業約計十三年，屬於高等教育段，以其不是由中小學層累而上昇，故不列入學堂之內。……

關於壬子（1912）癸丑（1913）學制

民國成立，蔡元培爲教育部長時，召集各省教育界人物，在北京開中央教育會議，規定了一個學制系統，附有九條說明，曾於元年九月頒佈，謂之壬子學制。迨後，由元年至二年，陸續頒佈各種學校令，與前項系統各有出入，綜合起來又成一個系統，謂之壬子癸丑學制。這個學制可算本期的中心學制，並且一直行到十年以後。……

壬子癸丑學制，整個教育期仍〔註2〕是十八年，共分三段四級。一爲初等教育段，分初等小學校、高等小學校二級，共計七年；二爲中等教育段，只有一級，四年或五年；三爲高等教育段，亦只一級，內分預科、本科，共計六年或七年。此外，在下面有蒙養園，在上面有大學院，不計年限。我們再從橫的方面看，也是分著三系：一爲直系各學校，由小學而中學，由中學而大學或專門學校；二爲師範教育，分師範學校及高等師範學校二級，所居地位爲中、高二段；三爲實業學校。分甲、乙二種，所居地位爲初、中二段。此外還有補習科、專修科及小學教員養成所，皆是此三系中的各種特別或附設的教科，謂之旁支。

〔註1〕應爲三十二歲。——錄入本書時注。

〔註2〕「仍」字疑衍。因爲前一學制（癸卯學制）並非以「十八年」爲學程——錄入本書時注。

附錄三　訪茅盾故鄉

王爾齡

訪問茅盾同志的故鄉，是多年的宿願；直到前年三月，才有機會踏上八十多年前誕生了這一代宗師的土地——烏鎭。

烏鎭，屬浙江省桐鄉縣。從上海出發，已有公路可以直達縣城。但我們仍取道嘉興，如同當年茅公返鄉必經嘉興一樣。不同的是，當年只有小火輪可乘，這是讀過他的《故鄉雜記》的讀者都知道的。由嘉興乘小火輪到烏鎭，可以經過縣城，但需由運河水道折進去十幾華里；因此茅公總是改乘不經縣城的直達烏鎭班次。終其一生，只到過縣城兩次：一次是小學時代去「遠足」（短途旅行），一次是在商務印書館任職時應邀去演講。現在，公路不僅早已通到縣城，還將修到烏鎭。

下榻桐鄉縣城，再換乘輪船到烏鎭，有兩小時水程。在輪船上，腦海裡又浮現出二十年前收到他親筆覆信的情景。先時，我寫信向他請教，趁便說到我的故鄉雖屬江蘇，卻與烏鎭相鄰，一水可通，人力搖櫓的航船，朝發午至；從《故鄉雜記》看，烏鎭與敝鄉規模差不多，社會情形也相彷彿，讀他的一些小說、散文，倍感親切；記得信裡有這樣一句：「《林家鋪子》裡的人物，我都認識。」茅公的覆信，蠅頭小楷，寫了三段。關於烏鎭，他說舊時分爲兩鎭，以市河爲界：河東爲青鎭，屬桐鄉縣；河西爲烏鎭，屬烏程縣。後來烏程縣建制撤銷，烏、青兩鎭合併爲烏鎭。信裡所說的「市河」，我自然懂得，那是貫穿市鎭的小河，我鄉亦然如此。

輪船靠岸，我首先想看看這條市河。市河的格局，自以爲很清楚：河面狹窄，河水淺濁。然而，經過探詢，才知道不對了，原來停輪船的那條河就是市河，現在已經開闊到五十公尺。不僅市河已非昔日模樣，而且橋樑、街道、住房建築也大有改變。歷數十年而無改觀，當然是不可能、也不應該的。這時，我又記起縣文化局長吳珊同志談起過的設想：「我們想把茅公故居前面的街道——觀前街保持現今狀貌，只維修、不改建。現在，它依舊是石板路。」這一設想確然很好，大約現代文學研究工作者都會贊成的吧。

到觀前街之前，我們先去東大街。在東大街上行走，我忽然佇立而望。同行的縣文化館的一位同志明白了我的意思，說：「你看，門牌上還是『青鎮』呢。」小小一塊門牌，也是歷史的見證。

走過一家雙開間門面的百貨店，我又停了步，對孔海珠同志說：「林家鋪子，就是這個樣子。」癡長幾歲，就說這種老話，事後想來，此語至多只對幾分。因爲林家鋪子倒閉的時候，我還在襁褓之中，只看到過三十年代末期江南水鄉市鎮上的「廣貨店」（當時對百貨商店的稱呼），三十年代初期的市肆則未之見也。由此想到，被當作活的文物保存的觀前街，將來也應當有一家仿照三十年代初期「廣貨店」格局裝修起來的店鋪；它當然不叫「林家鋪子」，卻應當在外形上令人想起小說裡的林家鋪子。

讓茅盾故居前的觀前街留下一點舊日的面影，可以使人們知道一點過去時代的情形。我見到過一份鉛印材料，是一九三六年根據官方統計資料編寫的，它反映了抗戰前的桐鄉經濟。材料說，這個縣以蠶桑、絲織爲主，「全縣四十八萬畝耕地，桑地竟占去二十六萬畝以上，僅絲繭二宗，年輸出在六十四萬元左右（每百兩以二十元計算）而米之產量，則不能自給」。「農民也操織造的副業，……織綢的機音，每年四五月間，在桐鄉境的任何窮鄉僻壤，都可以聽到。……近三四年來，因受了日本綢絲的大量傾銷和人造絲的慘酷壓迫，以致桐鄉的絲綢業，每況愈下！尤以去年爲甚，每百兩絲，慘跌至二十元，比過去七八十元之價格相比，四年之間，竟跌落四倍！……（農民）現在已陷於十室九空，……一部分農民……相率砍伐桑樹，另謀生路。」茅盾筆下的自耕農老通寶的破產，不就在這樣的狀況下發生的麼？老通寶們活不下去，林家鋪子焉得不受池魚之殃！觀前街保留一點當年的面影，再配上有關文字、實物材料，也可以使當地的人多得到一些鄉土史知識，使外來的訪問者多瞭解一點社會史。

我們專誠去拜識了烏鎮歷史最久的活物——唐代銀杏。這是茅公詩文裡一再提到的、引爲驕傲的千年古樹。現在它被圍在一家醫院裡，院外卻是化工廠的煙囱。這不免令人擔憂。究竟該讓銀杏遷避工廠呢，還是讓工廠遷離銀杏，這是常識範圍以內的問題。還有，發花千載的樹身，已有鐵釘一枚打入，釘上擱著晾竿一根：這又豈止是煞風景而已！

「梁昭明太子蕭統偶居讀書的地方」，是鎮上有數的古跡之一，茅公的《故鄉雜記》也提到過它。現存的遺跡是一座石牌坊，自右至左橫鐫「梁昭明太子同沈尚書讀書處」十二字。沈尚書就是沈約，六朝時著名音韻學家。據說此石係明刻，那也有四百年上下了。「文革」中幸免於難，這不能不歸功於當地許多有心人保護有術：用石灰塗沒刻字的石樑，再貼上「最最革命」字句的紙幅，加以掩蓋。若非如此，主持編定《文選》的昭明太子就不能昭明於此，精於考訂音律的沈約尚書也不能受知於此了。

關於這兩處古跡，茅公晚年還向往訪的故鄉幹部探問過，後來他在《可愛的故鄉》〔註1〕裡說：

> 鎮上古跡之一有唐代銀杏，至今尚存。我爲故鄉寫的一首《西江月》中有兩句：「唐代銀杏宛在，昭明書室依稀。」

由此可以知道，儘管他在一九三六年以後一直沒有回過故鄉，但故鄉風物卻時時在他繫念之中。

瞻仰茅公故居，自然是此行的主要目的。誕生這位文壇巨星的屋子，是江南集鎮習見的普通住房。它的格局是：中間一個長方形天井，天井四周，一面是牆，三面是磚木結構的房屋，上下兩層。這種房屋，無論是底層還是二樓，同一層的各間房屋可以走通，因而稱爲「走馬樓」。左近就是他幼年就讀的立志小學（原址今已改辦幼兒園），鈴聲清晰可聞。

現在作爲茅盾故居的，還不只此一老式房子。這所房子，在茅盾出生前後，就被稱爲「老屋」的，因爲那時另有「新屋」，就在它的後面。「新屋」名爲兩進，但間數很少。第一進兩間，是他的曾祖父從梧州匯錢回來購買的，於是天井後邊的幾間就「算作第二進的房子了」。「『新屋』第二進樓上樓下共四間，是知道曾祖父決定告老回家以後，匆匆忙忙把原來半舊的房子拆掉，重新修蓋的。」（《我走過的道路》（上））這座被稱爲「新屋」的房子，到一九三四年倒眞的重建爲新屋了：第一進兩間舊屋固然拆了，第二進的「重新修蓋」過的屋子也拆除了，全部改建，〔註2〕只造三間平屋，另開正門，但仍保留原

〔註 1〕載《浙江日報》，1980 年 5 月 25 日。
〔註 2〕一說現作「茅盾故居」的房子原是沈家過去堆放紙張的棧房，並不住人，後來只是把這平房略加改建，並非拆掉重建。此說錄備參考。——編者。

來的與老屋相通的一扇小門。那是因爲茅公的母親在上海生活不習慣，要回故鄉，他就決定拆舊建新，自己也可以在創作小說時避開喧囂的上海，居鄉靜心握管。造這三間平屋，是他自己設計、畫成草圖的，一共耗去一千元錢，用的是《子夜》初版版稅。但這新屋，他自己只住過兩次（合起來也只有兩個半月），後來抗戰發生了，再也沒有回鄉。他的母親，則在這裡度過了晚年。

新屋與老屋，大不相同。前面已經介紹過，老屋是三面房子圍著一個天井；新屋恰好相反，是三面天井圍著一所平房。此其一。老屋除了靠天井的一面外，一般不開窗（江浙集鎮舊式住宅慣常如此），新屋則三面有窗，其中向陽的一面是整排玻璃窗，極爲響亮（恕我用一句方言）。此其二。即此兩端，就可以說明兩者相隔一個世紀。

這新屋，第一間分隔爲儲藏室和客堂；第二間用落地玻璃長窗分隔前後兩半，這是茅公的母親的起居室；第三間也分隔爲前後兩半，但不用長窗，更不用板壁，而用特製的書櫥作爲間隔，這個書櫥正中留出一個「門洞」，它是出入通道，「門洞」右邊是玻璃門的大書櫥，前後都可以放書，左邊則是中式書櫥，全用木料製成，顯然，這是爲了讓精裝平裝書和線裝書各得其所。書櫥的容量既大，又兼有板壁作用，美觀、實用、別致，三者齊備，也是茅公自己設計的。這所新屋，當地文化部門準備布置爲陳列室，展出茅公著譯版本、手跡複製品以及各個時期的生活照片。我們在縣文化局，已經看到不少徵集品。

至於老屋，現在還有居民住著，正在安排遷離。然後，便可依原樣修繕。原有傢具，已大部散失，有的且已流到外地。這樣，徵集自然很困難。縣文化部門很重視這項工作，決定採取以新換舊或論價收回的辦法，商請現今的持有人共襄此舉，並且已經取得了一些成效，還在多方探尋線索，以期物歸故居。這聽之固然肅然動容，行之當然費心費力。

離開烏鎮的時候，我們不禁對珍視文物的桐鄉縣人民政府油然而生敬意。但願重訪之日，將看到更大成效。同時還想到，市河已經變成運河模樣了，但鎮上還有應家橋下一條類似市河的小河道，也希望與茅公故居前的觀前街一樣，作爲特別保護的對象，好讓後人瞻仰茅公故居時還能依稀辨認當年的市容。

（1983 年春，上海。）

後記

這本稿子脫稿，不禁舒了一口氣。雖然只是一本小冊子，也斷斷續續經歷了一年時間；其間的一番甘苦，恐怕用得著一句成語了：如魚飲水，冰暖自知。

我們在開手之前，是僅僅想把它作爲茅盾早期生活的傳記來寫的。但是，當我們重讀有關著作、排比史料的時候，發現有些地方不很詳明，有些地方說法不一，還有一些地方材料不足，甚至史料闕如。這就要求我們在考證史實上盡自己的努力。當然，我們所知有限，不可能一一解決；同時，還必須顧及傳記體例，不應把它作爲叢考來寫。因此，落筆的時候，仍以傳述爲主，間或作些考證，以求彰明史實。至於是否失當，那就不是作者所能預知的了。

本書撰寫過程中，蒙吳珊、吳騫、李渭舫、張振維、史念、愼召鈴、楊家豪等同志給予幫助，或惠賜教言，或提供材料，又承上海圖書館借閱書刊，並此誌謝。我們所在單位領導也給予關懷和支持，於是得以完成；湖南人民出版社願意列入出版計劃，因而促成此稿。這些，都使我們感激。如果沒有上述種種幫助，恐怕是連這樣一本不成樣子的小冊子也不會產生的。

我們或曾親炙茅盾同志的教誨，或曾得到他的貽書指點，一直感念不已。遺憾的是，本書寫成，已不能再得到他老人家的指教了。謹以此書，權作一瓣心香，敬獻於茅公靈前！

作者

一九八三年八月於上海

新版附錄

新版附錄一：
茅盾少年時代的學習生活
——從少年茅盾的兩本作文本說起

孔海珠

茅盾少年時期的兩冊作文本珍藏於他的故鄉浙江桐鄉縣，這不能不是一大幸事。這兩本作文本，原是茅盾夫人孔德沚一九四六年在故鄉老屋的舊物中發現的，當時連同別的一些東西寄放在故家一位鄰居那裡。那時有人提議選幾篇發表，茅盾說：「小學時的作文嘛，有什麼好發表的。」然而風雨變幻，三十多年後，茅盾晚年撰寫回憶錄時，卻記起了少年時代的兩本作文。然而，待到家鄉文化部門千方百計尋訪到這兩本作文時，茅盾已溘然長逝。

茅盾寫作這兩本作文時僅十二足歲，這是茅盾留存至今的最早文稿，也是他從童年至少年時代在故鄉學習「國文」的一個總結。

筆者有幸，得到了幾份原跡照片，又抄錄了其餘各篇。現就這冊《文課》，參以其他資料，追溯他少年時代的學習生活。

家庭教育和私塾生活

一八九六年七月四日，茅盾誕生於浙江省所屬的桐鄉縣烏鎮。這是個水網交叉的魚米之鄉，歷史古老，到清朝乾、嘉時代，已很繁榮。茅盾誕生之時，它的人口之多，商業和手工業繁榮之程度，如同他曾經說過的那樣，不亞於一個縣城。

茅盾的少年時代在家鄉渡過的。他的家是個大家庭，茅盾是長房長孫。在受正規的學堂教育之前，曾讀過家塾和私塾，時間約有兩年。

大家庭裡有一個家塾，老師就是祖父，教的是《三字經》、《千家詩》之類的書。而且教育不認眞，經常丟下學生不管，自顧出門去聽書或打麻將。茅盾的父親卻是一位信仰「維新」的知識分子，很不贊成祖父的教學內容和教學方法。因此，就自選新教材，如《字課圖識》、《天文歌略》、《地理歌略》等等，讓母親來教。母親是茅盾第一個啓蒙老師。以後家塾由他父親執教了，別的孩子仍讀老課本，茅盾則繼讀新學，並管教得更嚴了。當時他父親的身體尙可，每天親自節錄課本中四句要他讀熟，並且慢慢地加上去，到一天十句爲止，這樣嚴格地教育近一年。

茅盾的父親沈伯蕃是位中醫，卻酷愛數學，經常託人到上海去購買新出版的數學書，自學到微積分。他深信實業救國，教育兒子長大要從事實業，重視科學。由於父親較早的接受了資產階級的科學與民主的思想，思想很開通，並經常對小輩講「國富民強」的道理，「以天下爲己任」的思想，對茅盾思想的開展，對新事物的接受有一個良好的基礎，培養了少年茅盾的愛國主義思想，和對舊俗惡習的憎恨和抨擊的正義感。

但是茅盾對算學的「不近」，使他父親失望。他一心要兒子長成後從事實業，甚至把這個願望寫在他的遺囑裡，要小輩記住這些話。茅盾在晚年寫回憶錄時，還記起遺囑中有這樣的話：「中國大勢，除非有第二次的變法維新，便要被列強瓜分，而兩者都必然要振興實業，需要理工人才；如果不願在國內做亡國奴，有了理工這個本領，國外到處可以謀生。」其憂國憂民之心也可見一斑。

茅盾十歲時，父親早逝，母親陳愛珠擔負了撫養兩個兒子的重任。母親希望孩子成材，對大兒子茅盾的要求更嚴，要他作弟弟的楷摸。兄弟倆有什麼差錯，首先遭到責備的總是哥哥。

茅盾在私塾曾讀過半年，在伯蕃公執教家塾近一年終於病倒時，就被送到一個親戚辦的私塾中去繼續念書，那塾師是茅盾曾祖母的侄兒王彥臣。鎭上辦起了第一所初級小學，茅盾成了這所小學的第一班學生。

小學生活概述

清末，教育制度最大的改革是廢科舉興學堂。癸卯年（1903）鎭上辦起了第一所初級小學——立志小學，由原來的立志書院改建。校長是新舉人盧鑒泉，他是茅盾的表叔。在初小學習的三年中，有二位老師給茅盾的印象很深，其中一位是他的父執，教國文兼教修身和歷史的沈聽蕉。國文課本用的是《速通虛字法》和《論說入門》，修身課本用《論語》，歷史教材是沈聽蕉自己編的。

《速通虛字法》是文言文法書，《論說入門》也是文言閱讀與寫作教材，編入了短則五、六百字，長則一千字的言富國強兵之道的論文或史論。茅盾很喜歡這兩本帶有圖畫的書，它是幫助這位少年遣詞造句作論的入門書。

從立志小學第一屆畢業後，進了鎮上唯一的高等小學（後改名「植材小學」）三年級學習，這學校離家有一段路，不比立志小學近在貼鄰，（至今還能在茅盾故居旁見到立志書院的遺跡），在高小讀了兩年半，於一九〇九年畢業。

高小的課程是相當齊全的，除了英文、國文外，還有代數、幾何、物理、化學、音樂、圖畫、體操等六門。當時課程設置這樣齊全的學校是少有的，而教國文的老師也有四人之多。一個是王彥臣，他教《禮記》，兩個是鎮上的老秀才，一個教《左傳》，一個教《孟子》。另一個是張濟川，是中西學堂（「植材」前身）的高材生，由校方保送到日本留學兩年回來的，他教《易經》。

國文教師、國文教材比其他任何學科爲多，表明了它在清末學校中的地位；而對這些課程的學習，特別是學習國文和歷史知識，則使茅盾打下了古代文化知識的堅實基礎。如今發現的兩冊作文本就是明證。

興趣愛好與文學

茅盾少年時代酷愛看書。當時他愛偷看舊小說。舊小說，當時被稱爲閒書，是禁止小輩們看的，茅盾的父親卻不然，當他知道茅盾在看木版的《西遊記》時，並不反對。認爲看小說可以把文理搞通，還讓茅盾母親把一部石印的《後西遊記》給他看。

每到學校放暑假，茅盾最高興隨母親去舅舅家歇夏，因爲舅舅家藏有好多「閒書」，一得機會就和舅舅的大兒子偷偷躲到角落裡，點起油燈看小說。那位表哥喜歡看武俠小說，茅盾則對《野叟曝言》感興趣，只化了三個半天便看完了。他們看了一部又一部，往往看到夜深了才歇手。茅盾後來視力不好，與那時看小說入迷有關。

他不但看書，有時還對書中講的東西親身嘗試一下。據說，他看了《七俠五義》之後便試製過「袖箭」，看過文言偵探小說之後，對「化學實驗」大感興趣，要研究什麼藥劑能使人昏迷，又用什麼藥劑能使昏迷的人清醒過來。雖然這一切只是些幼稚的想法，從中卻可以窺見茅盾少年時代的鑽研精神。

茅盾曾經說，他在小學的時候，最喜歡繪畫。最初引起圖畫興味的不知是初小時兩冊帶圖畫的課本，還是看舊小說上的木版的拿槍舞劍的畫？總之，是從書本上來。以後在高小時教繪畫的是一位六十多歲的國畫家，要他們每人買一本《芥子園畫譜》，照著臨摹。這本畫譜內容豐富，進一步引起了茅盾對繪畫的興趣。

茅盾課餘愛讀小說，記憶力也極好，複述小說娓娓動聽，每次去舅家，表姐總要他講故事。他講起《三國演義》《西遊記》來，往往使年長的人也圍攏來聽故事。一次，他嗓子不行，講了幾句，比他小四歲的弟弟澤民叫他「歇歇」，由他接著講下去。這個情景，家鄉老人至今還記憶猶新。

作文訓練和比賽

作文訓練和比賽是茅盾小學時代學習的重要內容。初小時，每星期作文一篇，題目以史論為多。當時訓練他們作文的情景，茅盾曾在《我的小學時代》一文中有過憶述：「教員在黑板上寫好了題目，一定要講解幾句，指示怎樣立論，……有時還暗示著怎樣從古事論到時事，當然不會怎樣具體的，我們也似懂非懂；但都要爭分數，先生既然說過應該帶到現在，我們怎肯不帶呢？結果就常常用一句公式的話來收梢。頭上呢，「將題中的人或事敘述幾句」，中間則在談論到一定的時候說出論斷，「論斷帶感慨」，他稱之為「三段論」公式，又戲稱這種作文的方法是「硬地上掘鱔」。由於這樣雖然呆板但卻嚴格的訓練，少年茅盾的作文在學校中出了名，月考和期末考試都能帶獎品回家。

當時，科舉制度雖已取消，但舊的習俗還在，小學生的作文比賽卻被看成是童生考試，大家很重視，還鄭重其事地放榜。除了學校的作文訓練，即使在家中，差不多年歲的孩子在一起也總要比試比試，看誰的作文為上。

暑假在舅舅家，舅舅很喜歡這位聰穎好學的內表侄，因為他的大兒子可以有個榜樣，有個學伴。每天晚上點起一枝線香，命他們表兄弟同時作文，長短不拘，但線香燃盡時必須同時交卷。兩個人一面看香，一面寫，不用說茅盾總比他表哥做得又快又好。舅舅明知自己兒子不及表侄，只是借作文比賽的機會，來激勵兒子向表弟學習。

進高小以後，國文有四個老師授課，作文也比初小時增加，除了每週一次外，每月有一次考試，還時時舉行「童生會考」。有一次會考由一鄉人望的盧鑒泉主持，出的題目是《試論富國強兵之道》，茅盾在文章中把父母先前經常教育的、要「以天下爲己任」這一道理，闡述的很好。主考人盧鑒泉閱後大加讚賞，用朱筆密圈批曰：「十二歲小兒，能作此語，莫謂祖國無人也。」還把考卷給茅盾的祖母、母親看，要家裡注重他的學業，不要「把長袍料子當馬褂用」。這次會考給茅盾留下極深的印象，他在晚年的閒談中也常提及此事。

兩冊《文課》

這兩冊《文課》寫於一九○八年下半年至一九○九年上半年，茅盾高小學習進入最後一年的作文。兩冊共三十二篇（篇目附後）。

在三十二篇中，有策論（《學部定章學生畢業以學期爲限……》《學堂衛生策》）、時論（《文不愛錢武不惜死論》《論陸靜山蹈海事》《翌日月蝕文武官員例行救護說》《青鎮茶室因捐罷市平議》《山中之木以不材得終天年主人之雁以不材而死試申其說論之》《選舉投票放假紀念》《西人有黃禍之說試論其然否》）、修身論（《言寡尤行寡悔釋義》《家人利女貞說》《善不積不足以成名惡不積不足以滅身議》《有不虞之譽有求全之毀論》），有文字義訓一組六則，而大部分則爲史論（《吳蜀論》《信陵君之於魏可謂拂臣論》《秦始皇漢高祖隋文帝論》等，散文只《悲秋》一篇。

從這些作文中，我們可以看到少年茅盾古典文學的基礎，他的作文具有獨立見解，語言精鍊，構思新穎，得到老師的讚譽。這兩冊作文本上，隨處可見老師的圈點、眉批、總批，讚語如珠。

茅盾少年時的史論，頗見精彩，如《信陵君之於魏可謂拂臣論》便是一例。信陵君的故事，原是人所共知，但熟悉的是信陵君謙恭待士，門客各儘其長以報公子而已。本書所論限定在信陵君是否魏之拂臣上，使文章有一定的難度。少年茅盾先用幾句話作爲全文總攝，提出了自己的看法，英雄豪傑於「天下未亂而知亂之已伏，國家無變而知變端之將萌，……故蒙毀犯謗而必早爲之備」。這個看法隱括了拂臣的確切涵義，也暗示了對信陵的評價。在轉入正面評論信陵竊符救趙事件時，他雖由一般人嘖嘖稱道的不畏強秦、救趙存魏之得落筆，但又立即故意說到其間的危害存在：「使信陵救趙而兵喪也，則魏將安保？國家安危，間不容髮，而況魏王知害不從，而信陵竊君之重哉。」作這個假設，其實是爲了後文的反跌，加強了後文「天下勢危」而信陵知秦必破的分析，表明所論的人物「有成竹在胸，豈造次哉」。爲了造成信陵是魏王拂臣這一印象，他還援引荀卿之言爲理論根據，列舉歷史上正反史實來作說明，「英雄爲國家之計，豈拘拘於尊君之義而棄國家於不顧」，信陵公子似乎就是這樣的人物了。然而，茅盾的論述，並不止於此，他還在深入展開。「信陵之竊符烏可罪，乃爲功也，然信陵之功可爲拂臣，信陵之志不可爲拂臣。」這會令人感到突然，於是，他不慌不忙說出了理由：「蓋信陵之救趙，因平原君一親戚也。」救趙是因爲平原君（信陵君的姐夫）求救，於是「狥親爲英名之累」。讀後，我們便可以悟出，他早在開首幾句內就蘊蓄這個意思了，他已經說過，只有在亂機、變端隱而未發之時洞悉其危、早爲之備，並且甘願「蒙譭犯謗」以救天下之危的人，才稱得上是拂臣。信陵有其功，而無此志，所以不是標準的拂臣。這表明茅盾雖在少年，已經讀史有得，論史有識，因而能層層推進，翻出新意。這樣的史論還有不少。《馬援不列雲臺功臣論》篇後，教師所寫總評亦可見一端：「馬援以椒房之戚，不列雲臺，（按指雲臺二十八將），前人之論多矣，作者復以公私二字，互相推闡，入後又翻進一層立說，足見深人無淺語。」此時的史論已絲毫沒有過去的搭題、感慨，加上「可不嘆乎」結語的「三段公式」的影子了。至於史論以外的文章，不妨舉出《翌日月蝕文武官員例行救護說》爲例。作者不僅把「今則天文學興，始知月蝕乃地掩月所致」的科學知識，寫得通俗明白，而且還從事理上詰斥「救護」之妄：「外人（按指外國人）不施救護，則日月遂沒耶？」這樣從物理上作科學解釋，從事理上作有力詰斥，已經使人驚服了。但他的論說並不停留在這裡，他不是就事論事地談月蝕救護，而是歸結到應開民智上：「悲夫，民智不開，良有以也。爲民上者，宜痛除之，庶幾神道絕、迷信破，民智始開。吾聞欲熄火勢，亟抽其薪，爲民上者其加意焉。」這使他這篇文章的題旨放在廣闊的社會背景上來作深入的揭示，無怪要得到「筆亦開拓，文氣疏暢」的美評了。

自幼聰慧，又勤奮好學的茅盾，他的才識爲尊長所稱道，爲同學所驚羨。在高等小學階段，就已經才華出眾了。兩冊《文課》上教師的評語，也反映了一個側面。教師讚揚他的史論史識，有云：「好筆力，好見地，讀史有眼，立論有識，小子可造，其竭力用功，勉成大器。」「目光如炬，筆銳似劍，揚揚（洋洋）千言，宛若水銀瀉地，無孔不入，國文至此，亦可告無罪矣。」評價他的時論，有云：「辦地方之事，必寬以籌之，作者謂與小民纏擾不已，至論至論！」「筆亦開拓，文氣疏暢。」稱讚他的語言，則說：「有精練語，有深沉語，必如此乃可講談史事。」「筆意得宋唐文胎息，詞旨近歐蘇兩家，非致力於古文辭者不辦！」這樣的評語，一個十三、四虛齡的少年竟可得之，其受器重的程度也就可以想見了。然而，評語也非一例如此，也有指明缺失的時候。如「人物合論，不可竟重一面一……」「警策語尚少。」「宜修潔爲妙”這樣的指疵之言，恰是提出更高的要求，期望他不驕不惰，更上層樓。

少年茅盾也眞不失所望。喪父以後，他兢兢業業，不懈向上。他很理解母親期望二子成材的心情，他知道應當志於學、愼於行，才能免使母親生氣。母親本來是希望兒子們按伯蕃公遺囑步步前行的，但她對於茅盾的越來越明顯地展露的文科方面的才智感到欣慰，並加以愛護和鼓勵。茅盾後來走上文學道路，很大程度上得力於這位有見識、做事敏練的母親的教導和培養。

茅盾在一九〇九年夏考取湖州府中學之後，就一直在外地求學、工作，雖然也曾回故鄉，但爲時都不長。故鄉的風物，少年時代的見聞，仍然一直在他的夢縈之中。少年時代的生活積累，成爲他二十年代、三十年代幾次回鄉小住時進行新的觀察的基礎。從這個意義上說，茅盾少年時代的學習生活，也是他後來漫長而光輝的文學創作道路的起點吧。

一九八二年四月・上海

兩本《文課》目錄

1. 學部定章學生畢業以學期爲限……
2. 言寡尤行寡悔釋義
3. 漢武帝殺鉤弋夫人論
4. 悲秋
5. 家人利女貞說
6. 吳蜀論
7. 文不愛錢武不惜死論
8. 信陵君之於魏可謂拂臣論
9. 論陸靜山蹈海事
10. 楊氏爲我墨氏兼愛說

11. 翌日月蝕文武官員例行救護說
12. 秦始皇漢高祖隋文帝論
13. 漢明帝好佛論
14. 善不積不足以成名惡不積不足以滅身議
15. （1）書經二典三謨典謨二字何解
    （2）牧誓何辭之費歟
    （3）禮器言禮者體也祭義言禮者履也同一禮也而彼此異解何歟
    （4）郊特牲八蠟之義若何
    （5）君子之於損益二卦其對己之道若何
    （6）蹇卦惟二五不言往蹇試申其說

（以上爲第一冊）

16. 武侯治蜀王猛治秦論
17. 宋太祖杯酒釋兵權論
18. 學堂衛生策
19. 祖逖聞雞起舞論
20. 蘇季子不禮於其嫂論
21. 青鎮茶室因捐罷市平議
22. 馬援不列雲臺功臣論
23. 燕太子丹使荊軻刺秦王論
24. 山中之木以不材得終天年主人之雁以不材而死試申其說論之
25. 管子稱天下才而孔譏器小孟斥功卑論試其故
26. 趙高指鹿爲馬論
27. 選舉投票放假紀念
28. 崔實謂文帝以嚴致平非以寬致平論
29. 有不虞之譽有求全之毀論
30. 富弼使契丹論
31. 西人有黃禍之說試論其然否
32. 張良賈誼合論

（以上爲第二冊）

原載《中國當代文學研究資料・茅盾專集》第一卷上冊，福建人民出版社 1983 年 5 月出版。

新版附錄二：關於茅盾的少年時代

孔海珠

據說巴爾札克很喜歡研究人的筆跡，他要由此來推測留下這筆跡的人的特性。有一次，一位老婦人拿著一本小學生的練習本來找他，請他推斷一下這個小學生的性格特點和前途。巴爾札克皺著眉頭仔細研究了一番以後，說：「這個孩子好動，生性愚笨，將來一事無成。」老婦人縱聲大笑道：「親愛的巴爾札克先生，您怎麼連自己小時候的筆跡也認不出了？」

這件軼事的眞實性如何，這裡且不去說它。但從中至少可以窺見一個偉大作家，即使是少年時期稚氣的筆記，也會引起人們無限的珍視的感情。無獨有偶。我國新文學的一代宗師茅盾先生，有兩本少年時期作文本至今留存甚好，這不能不是一大幸事。

茅盾的這兩本作文本，共三十七篇，原是一九四六年在他的故鄉浙江桐鄉縣烏鎭故家的舊物中發現的。當時連同別的一些東西寄放在故家的一位鄰居那裡。有人提議選幾篇發表，茅盾說：「小學時的作文嘛，有什麼好發表的！」於是這些頗可看出茅盾少年時期思想與才情的作文，也就一直淹沒無聞，不爲人知了。

巴爾札克的練習本故事只是傳聞，茅盾的作文本卻是千眞萬確的。爲編輯茅盾的研究資料，我於最近得到了幾份原跡照片，又抄錄了其餘各篇。從這些作文裡不難瞭解茅盾少年時代學習的勤惰、閱讀的廣狹、見識的深淺和筆力的健弱。

這裡，僅從這兩本珍貴的文物說起，兼及敘述茅盾一九○九年秋季離鄉以前的童年和少年生活，並對關於他這一時期求學情況的異說作一些考證。

一

這兩本作文本，封面均題有「文課」兩字。其一，在扉頁上寫了三行字：

己酉年　上學立

第二冊

閏二月初九日起至

己酉年即一九○九年，「上學立」意謂開學之時書端。該年的「閏二月初九日」即陽曆三月三十日，當是本冊第一篇寫作的時間。「至」以下無日期，大約是應留待最末一篇完成後塡寫而終於不曾補書的緣故。「第二冊」並不是指本學期的第二冊，因爲那時年假（寒假）較長，「閏二月初九日」是開學未久的日期，萬無短時期內已寫完一冊之理，合理的解釋是以前已有第一冊在，便在這一本上寫明是第二冊。

另一冊扉頁未寫年月，但其中一篇作文《信陵君於魏可謂拂臣論》已標明「秋季考後」所作，教師批語也偶有注明日期（如「十月望後三日燈下」），可知爲秋季開學的一個學期的作文。茅盾於一九○九年的秋天已離鄉他去了。這個學期，自然應是一九○八年的下半年。也就是說，這一本早於前一本而應是「第一冊」。

在這兩本作文本上，鈐有茅盾自刻的幾種形狀的印章，除了名章「沈德鴻」、「德鴻」、「T・H」（德鴻二字英文拼音的縮寫）外，還有閒章「醒獅山民」「草草而已」，這是他後來讀中學時學習篆刻的成績，是一年多之後補鈐的。由此可以看到，他以「醒獅山民」自詡，是激勵自己爲民族覺醒奮發有爲，而那「草草而已」四字，則表明他怎樣以「今之視昔」的觀點來看待前作，反映了一種謙虛上進的態度。作文本中還有教師的評語和不少的密圈密點，也可以看到這位才情橫溢的少年之作怎樣得到師長和前輩的讚許了。

茅盾生於一八九六年七月四日，即光緒二十二年（丙申）五月二十五日。他誕生的地方，早在一千多年以前就以橫貫市區的車溪（俗稱市河）爲界，劃分成爲兩個鎮，河西爲烏鎮，河東爲青鎮；清初以烏鎮屬湖州府烏程縣，青鎮屬嘉興府桐鄉縣，但外地人仍統稱爲烏鎮。茅盾的故家在河東的觀前街。他的童年和少年時代就是在青鎮度過的（烏、青兩鎮，入民國以後始合併爲烏鎮）。兩本作文本所留的「文課」成績的年代，茅盾只有十三、十四虛歲，如依實足年齡計算，僅十二歲。

那時，他在高等小學的學習已進入最後一個年頭。這兩本作文，是他留存至今的最早文稿，也可以看做是他從童年至少年時代在故鄉學習「國文」的一個總結。

二

茅盾在四十多年前寫的《我的小學時代》裡說過：「小學以前，我讀過家塾，也讀過私塾。」〔註 1〕其實，「讀過家塾」只是這篇短文為了行文方便而簡化了的說法。後來在《我走過的道路》裡作家就說得更具體了：「我們大家庭裡有個家塾，……老師就是祖父。……教的是《三字經》、《千家詩》這類老書，而且教學不認真，經常丟下學生不管，自顧出門聽說書或打小麻將去了。」但這時他並沒有進家塾，因為「父親不贊成」；「父親就自選了一些新教材如《字課圖識》、《天文歌略》、《地理歌略》等，讓母親來教我。所以，我的第一個啓蒙老師是我母親。」七歲（虛歲）那年，茅盾的父親接教家塾。「他就一邊行醫，一邊教這家塾。我也就因此進了家塾，由父親親自教我。……繼續學我的新學。」由此可見，讀家塾是在母親啓蒙以後，而家塾則是父親親授。時間不到一年。

「也讀過私塾」，是在父親病倒以後。那時「父親就把我送到一個親戚辦的私塾中去繼續念書」，塾師是「我曾祖母的侄兒王彥臣」。

關於私塾就讀所歷時日，茅盾的自述不盡一致。在《我的小傳》，〔註 2〕《我的小學時代》，《茅盾同志答問》〔註 3〕各處說的均比較含糊，直至《我走過的道路》裡，說的才較為明確了：「（在私塾裡）又過了半年多，烏鎮辦起了第一所初級小學——立志小學，我就成為這個小學的第一班學生。」各篇諸說，雖不盡一致，但有一點是共同的，即烏鎮初辦小學（立志小學），他就離開私塾，改讀小學了。這是他記得很確切的，不至於有記誤。他以前的學歷，我們就可以由此逆推了。

自然，立志小學初辦的年代，是逆推的基準。翟同泰同志在向茅盾詢問時曾說，他們查了《烏青鎮志》，據那裡記載，「立志小學是光緒二十九年（1903）由立志書院改設，這年您為八歲（虛歲），與您在《我的小傳》中所說：『大約是八歲那年』進小學，正相吻合」。〔註 4〕這個查證很重要。它

〔註 1〕載《風雨談》第 2 期（1943 年 5 月）。
〔註 2〕載《文學月報》創刊號，1932 年 6 月。
〔註 3〕載《文教資料簡報》1981 年第 6 期，翟同泰整理。
〔註 4〕《茅盾同志答問》。

使我們獲得了確然無疑的基準。但是，翟文認爲茅盾離開私塾，改入小學時間「應爲一九〇三年春」，〔註5〕就未必確切了。據我們考證，這年春天，立志書院還沒有改爲小學。根據如下：

第一，停開各省鄉試、以學堂爲正途的上諭是這年冬天下的：「十一月丙午，諭曰：『興學育才，當務之急。據張之洞同管學大臣會訂學章所稱，學堂、科舉合爲一途，俾士皆實學，學皆實用。著自丙午科始，鄉、會中額，及各省學額，逐科遞減。俟各省學堂辦齊有效，科舉學額分別停止，以後均歸學堂考取。』」〔註6〕按一九〇三年（光緒二十九年）陰曆十一月爲辛巳朔，丙午日即十六日。陰曆十一月十六日下此上諭，才促使各地興辦學堂。立志小學由書院改辦，籌備時間當然比新辦爲短，它的改辦應是這年冬季。

第二，立志小學是書院山長盧鑒泉主持改辦並由他擔任校長的，而新改小學，「有些家長還是不願讓他的子弟進小學。開學那天，居然有五六十學生，那就幸賴校長是一鄉人望，能夠號召」。〔註7〕盧之所以「是一鄉人望」，就因爲他新中舉人。「盧鑒泉於壬寅中式第九名」，壬寅即光緒二十八年，公元一九〇二年。「壬寅鄉試就是外行庚子、辛丑恩正併科，也是清朝舉行的倒數最後第二次的鄉試（最後一次即癸卯科）」，〔註8〕壬寅鄉試中舉，次年癸卯科會試他也赴京參加，「盧……第二年到北京會試落第」。〔註9〕會試例在春天舉行（稱爲春闈），盧鑒泉在這年初忙於應試，不可能在同時進行改書院爲小學的事，落第以後始有可能，那最早應是一九〇三年秋天，或是年冬了。

鎮上初辦小學既在秋天（尤以冬季的可能性爲大）。入學就不會早於此時；按癸卯學制，乃是春季始業，如果書院改小學已是冬尾，那麼在年假後入學也就順理成章了。

初入小學的時間可以定爲一九〇三年（癸卯）尾或次年初，他的就讀家塾、私塾時間應是這樣的：茅盾入家塾時，父親雖未病倒，但已有低熱，而低熱始於壬寅年（1902）鄉試，鄉試例在入秋之後，（稱爲秋闈），那麼入家塾當在秋闈剛過的時候；在家塾，「不到一年，父親病倒了」，〔註10〕於是轉入私

〔註5〕《茅盾同志問答》。
〔註6〕《清史稿》卷24《德宗本紀》。
〔註7〕茅盾：《我的小學時代》。
〔註8〕茅盾：《我走過的道路・（二）童年》，人民文學出版社1981年10月版。
〔註9〕茅盾：《我走過的道路・（三）學生時代》。
〔註10〕茅盾：《我走過的道路・（三）學生時代》。

塾，當在一九〇三年春夏之間，如此而言，在私塾就不可能有一年之久，當以半年爲是。

按癸卯學期，初等小學五年畢業。由於他已讀過家塾、私塾，並不是從起點班讀起的。他的回憶時屢次說到「我就是這（立志）小學的第一班學生」，這「第一班」並非一年級，而是最早的一班即第一屆的意思。

三

現在應當說到茅盾在立志小學的學習生活和學習年份了。

茅盾在《我的小學時代》裡談到初入立志小學的情形時說：

> 無所謂入學試驗，學生按年齡分班，大些的進甲班，小的進乙班；甲乙班的課程實在差不多，除了修身一門。我還依稀記得甲班的修身是讀《論語》，而乙班的卻是文明書局出版的修身教科書。上課一星期以後，甲乙班的學生又互有調動，我被編進甲班裡去了。

這些回憶內容，《我走過的道路》裡也寫到了，只是更爲詳明。例如甲班學生的年齡，後者補明：「同班同學中我的年齡最小，最大的一個有二十歲，已經結婚了。」這在今天看來當然令人吃驚，但在那時並不奇怪。

關於立志小學的課程，《我的小學時代》記述：「一開頭就排定了整整齊齊的課程：修身，國文，歷史，地理，算學，體操。」但是《我走過的道路》所憶不同：

> 甲班有兩個老師，一個是我父親的好朋友沈聽蕉，他教國文，兼教修身和歷史，另一個姓翁的教算學，他不是烏鎮人。國文課本用的是《速通虛字法》和《論說入門》（這是短則五、六百字，長則一千字的言富國強兵之道的論文或史論），修身課本就是《論語》，歷史教材是沈聽蕉自己編的。至於按規定新式小學應該有的音樂、圖畫、體操等課程，都沒有開。

兩次所述，主要的不同是在課程設置上。按當時的情形說，開不出體操課乃是更爲可能的事。兩本國文課本之一的《論說入門》，在《我的小學時代》裡作《文學初階》。我以爲這個歧異當從晚年的回憶。據說，在清末，文學這個概念，還按照《論語》中的詞義來使用的，那是子夏所習的科目，與後來所指的「文學作品」的「文學」不同，當時不會用《文學初階》這個名目。

《速通虛字法》是文言文法書，《論說入門》也是文言閱讀與寫作教材，但是它們已經被「鄉下人稱為洋書」了。這兩本書都有圖畫，尤其是《速通虛字法》。這樣的教學內容，使少年茅盾感到比家塾、私塾有味。「因為這裡的課程都比《天文歌略》容易記也有興味，即使是《論語》吧，孔子與弟子們的談話無論如何總比天上的星座多點人間味。」〔註 11〕

在立志小學，「每星期一篇作文，題目老是史論。教員在黑板上寫好了題目，一定要講解幾句，指示怎樣立論，——有時還暗示著怎樣從古事論到時事。當然不會怎樣具體的，我們也似懂非懂；但我們都要爭分數，先生既然說過應該帶到現在，我們怎肯不帶呢？結果就常常用一句公式的話來收梢，『後之為 XX 者可不 X 乎？』這一個公式實在是萬應靈符，因為上半句『為』字下邊可以填『人主』，『人父』，『人友』，『將帥』，……什麼都行，而下半句『不』字之下也可以隨便配上『慎』，『戒』，『懼』，『勉』等等。」〔註 12〕這是指結尾；頭上呢，「將題中的人或事敘述幾句」，中間則在談論到一定的時候說出論斷，而「論斷帶感慨」。〔註 13〕他後來自述說：「照年齡而言，都還不是老氣橫秋地論古評今的時期，然而每星期一篇的史論把我們變成早熟，可又實在沒有論古道今的知識和見解」。〔註 14〕他用一句方言幽默地說明了這種情況：「硬地上掘鱔」，上面所說的那「一套公式」就是這樣「掘」出來的。「每星期寫一篇史論，把我練得有點『老氣橫秋』了，可是也使我的作文在學校中出了名，月考和期末考試，我都能帶點獎品回家。」〔註 15〕據他說，這是《速通虛字法》幫助他造句，《論說入門》則引導他寫文章的結果。

課外閱讀，在當地稱為「看閒書」。少年茅盾由《速通虛字法》的插圖，引動了他的興趣，從「堆破爛東西的平屋裡」找出「一板箱舊小說」來，但「都是印刷極壞的木板書，……木板的『閒書』中就有《西遊記》。因為早就聽母親講過《西遊記》中間的片斷的故事，這書名是熟悉的，可惜是爛木板，有些地方連行款都模糊成一片黑影。但也揀可看的看下去。不久，父親也知道我在偷看『閒書』了，他說：『看看閒書也可把文理看通』，就叫母親把一部石印的《後西遊記》給我看，為什麼給《後西遊記》呢，父親的用意

〔註 11〕茅盾：《我的小學時代》。
〔註 12〕茅盾：《我的小學時代》。
〔註 13〕茅盾：《我的小學時代》。
〔註 14〕茅盾：《我的小學時代》。
〔註 15〕茅盾：《我走過的道路·（三）學生時代》。

是如此：爲了使得國文長進，小孩子想看『閒書』也在所不禁，然而倘是有精緻的插圖的『閒書』，那麼小孩子一定沒有耐心從頭看下去，卻只揀插圖有趣的一回來看了，這是看圖而非看書，所以不行。那部石印的《(後）西遊記》是沒有插圖的。」應該說，茅盾的父親在教育思想上也不失爲開明的人物，但他只看到「看閒書」和「國文長進」之間的關係，卻沒有看到「看圖」和「看書」之間的關係，不曾認識必須培養少年兒童的讀書之樂的道理。

一九〇五年夏天，茅盾的父親逝世，其後的一段時間，他稱爲「母親的『訓政』時期」。她那時要實行伯蕃公的遺囑，讓兒子將來學「實科」(工科），管教很嚴。

茅盾在立志初等小學讀了多少年？先時他在《我的小學時代》中說：「兩年以後，我就做了這小學的第一班畢業生。時在冬季。」翟同泰看出了這一回憶有誤，曾向他提出：「烏青鎭公立高等小學校是光緒三十三年（1907）由中西學堂改稱」，如果在立志只兩年就畢業，那是在光緒三十一年冬，翌年春進不了烏青鎭公立高小，年代「不相合」。茅盾答覆說：「立志書院（小學）開辦那年我就進去了，讀了三年畢業，就進烏青鎭高等小學，此校也是剛由中西學堂改稱，而且是新校舍。我想，進立志時我該是八歲，十一歲進高小」。〔註16〕這一回憶原很準確，也很明白，指的是光緒二十九年（癸卯）冬或次年（甲辰）春入學，三年畢業，「時在冬季」，乃是光緒三十二年（1906，丙午年）冬，翌春入公立高等小學。但翟同泰卻根據別人的回憶「推定」爲：「一九〇四年春（九歲）至一九〇七年（十二歲）底在『立志小學』讀書共四年。」〔註17〕此說實誤，誤在他把畢業年代推遲了一年。我們說到的茅盾少年時的作文本手稿上記有：「生在堂三載〔註18〕一語，此文作於一九〇八年秋季，只有在一九〇六年冬由立志初等小學畢業，首尾都作一年計算，才能前後算成三載（依實足年月算還不到兩年），如果遲至一九〇七年底畢業再入高小，那就無論如何不能說「在（高等小學）堂三載」。因此，立志初等小學畢業必在一九〇六年冬。也就是說，他在初等小學讀了三年。

四

在敘述茅盾就讀高等小學堂情況時，有必要先就他此期學習年限問題作

〔註16〕《茅盾同志答問》和文中翟同泰按語。
〔註17〕《茅盾同志答問》和文中翟同泰按語。
〔註18〕《文課》第1冊第1篇(手稿本）。

一點考證。

前文已經說了，茅盾進入烏青鎮公立高小是在一九〇七年春。翟同泰爲少年時期茅盾所排的學歷，既多加一年在立志小學，也就必然擠掉了別一學校的一年學歷。他說：「一九〇八年春（十三歲）至一九〇九年（十四歲）底在『烏青鎮公立高等小學校』讀書共兩年。」〔註 19〕此中「兩年」是錯了。那麼，是否就應當把翟文誤加在立志小學上的一年算到高等小學上，作爲三年來計算呢？恐怕不能如此。茅盾在《我的小學時代》中說：「小學畢業那年，『中西學校』也遷到鎮裡來了（本來在市外），並且改名爲高等小學校，我就進了這學校的三年級。」五年制高小，從三年級開始到畢業本應讀三年，但實際上是兩年半就畢業了。他是提前半年畢業的，「因爲在『高小』畢業時已改爲秋季始業，而進去時還是春季始業。」〔註 20〕

這種插班、提前畢業的情形，曾使茅盾艱於記憶，產生了不同的說法。他在六十年代答覆別人詢問時，幾次說法就有些不同：「十一歲進高小，也是三年畢業」，「在『高小』可能是三年半」，「在植材約二年（當時不叫植材，名爲烏青鎮公立高等小學校，其前身爲中西書院）」，〔註 21〕兩年即畢業之說無疑是誤憶，因爲現在已發現了他在「己酉年」即一九〇九年春季開學至學期結束的《文課》，其中有《青鎮茶室因捐罷市平議》，這篇時論證明它是青鎮求學時的文章，不可能是中學時期的作文（茅盾所進中學，都不在青鎮，當時青鎮並無中學）。如果是「三年半」或「三年畢業」，那麼他先後就讀的三所中學總共就只有三年或三年半，而不是他記得很清楚的四年（已跳過中學一年級直接插入二年級）了，並且辛亥革命發生時，他就不是在嘉興府中學堂而是在湖州府中學堂了。我們相信，辛亥革命這樣的大事發生時自己身處何地，是不會記錯的，那時他確實在嘉興迎接革命。《我走過的道路》中說：「一九〇九年夏季，我從植材學校畢業了，時年十三周歲。」這是確切無誤的記載。

在烏青鎮高等小學即植材學校的兩年半時間裡，茅盾勤奮好學，特別是在國文和歷史方面，經過前幾年的積儲和這段時間的努力，已經使他脫穎而出，顯示了過人的才華。

〔註 19〕《茅盾同志答問》。
〔註 20〕《茅盾同志答問》。
〔註 21〕《茅盾同志答問》。

這所高小功課是相當重的。「教的課程已經不是原來中西學堂的英文、國文兩門，而是增加了算學（代數、幾何）、物理、化學、音樂、圖畫、體操等六門」〔註22〕當時課程設置如此齊全的學校是少有的，而且，「雖然名爲高等小學校，最高年級（五年級，那時中間空一級，沒有四年級的學生）卻有幾何，代數；英文讀《納氏文法》第三本。」〔註23〕茅盾就是沿著這樣的課程階梯登上這所高小的知識樓臺的。

在這些課程中，數學對於少年茅盾來說，仍然「不近」，恐怕只能是勉力跟上。「實科」的其餘兩門基礎課程中，化學曾幫助他把課餘興趣從製作「袖箭」轉變爲研究「奇怪的毒藥」。文科方面，他的興趣是廣泛的。他喜歡音樂，直到相隔七十年之後還能把音樂課本中的一首《黃河》背出整整一節來。圖畫的愛好超乎其他任何學科。然而，國文教師（有四人）、國文教材比其他任何學科爲多，學生的升留級是以國文、英文的成績而定，這本身已表明了它在清末學校中的地位；而且所用的教材還是經（《易經》《禮記》《孟子》）、傳（《左傳》），還留著科舉取士的殘痕。早在戊戌年（1898）變法維新時科舉辦法已由八股文改爲考試策論；變法運動失敗，改試策論這一點竟也未變回去，直到全面廢科舉，策論仍爲學堂裡試文時的一種體式。雖然在命題上比前有所不同。「進植材的第二年上半年有所謂童生會考。前清末年廢科舉辦學校時，普遍流傳中學畢業算是秀才，高等學校畢業算是舉人，京師大學堂畢業算是進士，還欽賜翰林。所以高等小學學生自然是童生了。我記不起植材同什麼高等小學會考。只記得植材這次會考是由盧鑒泉表叔主持，出的題目是《試論富國強兵之道》。我把父親與母親議論國家大事那些話湊成四百多字，而終之父親生前曾反覆解釋的『大丈夫當以天下爲己任』。盧表叔對這句加了密圈，並作批語：『十二歲小兒，能作此語，莫謂祖國無人也。』……母親笑著對我說：『你這篇論文是拾人牙慧的。盧表叔自然不知道，給你個好批語。還特地給祖父看。祖母和二姑媽常常說你該到我家的紙店做學徒了。我料想盧表叔也知道。他不便反對，所以用這方法。』」〔註24〕父親生前有關議論，使他在會考題目上有話可說；對一個「十二歲小兒」來說，縱然是「拾人牙慧」，但寫得條理清晰、頭頭是道，也非易事。

〔註22〕茅盾：《我走過的道路·（三）學生時代》。
〔註23〕茅盾：《我的小學時代》。
〔註24〕茅盾：《我走過的道路·（三）學生時代》。

五

他的少年之作，也不盡然是「拾人牙慧」。

留存至今的兩本作文，便是有力的證明。兩冊共三十七篇：

1. 學部定章學生畢業以學期爲限論
2. 言寡尤行寡悔釋義
3. 漢武帝殺鉤弋夫人論
4. 悲秋
5. 家人利女貞說
6. 吳蜀論
7. 文不愛錢武不惜死論
8. 信陵君之於魏可謂拂臣論
9. 論陸靜山蹈海事
10. 楊氏爲我墨代兼愛說
11. 翌日月蝕文武官員例行救護說
12. 秦始皇漢高祖隋文帝論
13. 漢明帝好佛論
14. 善不積不足以成名惡不積不足以滅身議
15. 書經二典三謨典謨二字何解
16. 牧誓何辭之費歟
17. 禮器言禮者體也祭義言禮者履也同一禮也而彼此異解何歟
18. 郊特牲八蠟之義若何
19. 君子之於損益二卦其對己之道若何
20. 蹇卦惟二五不言往蹇試申其說

（以上爲第一冊）

21. 武侯治蜀王猛治秦論
22. 宋太祖杯酒釋兵權論
23. 學堂衛生策
24. 祖逖聞雞起舞論
25. 蘇季子不禮於其嫂論
26. 青鎭茶室因捐罷市平議

27. 馬援不列雲臺功臣論
28. 燕太子丹使荊軻刺秦王論
29. 山中之木以不材得終天年主人之雁以不材而死試申其說論之
30. 管子稱天下才而孔譏器小孟斥功卑論試其故
31. 趙高指鹿爲馬論
32. 選舉投票放假紀念
33. 崔實謂文帝以嚴致平非以寬致平論
34. 有不虞之譽有求全之毀論
35. 富弼使契丹論
36. 西人有黃禍之說試論其然否
37. 張良賈誼合論

（以上爲第二冊）

以上列題諸篇中，有策論（《學部定章學生畢業以學期爲限論》《學堂衛生策》）、時論（《文不愛錢武不惜死論》《論陸靜山蹈海事》《翌日月蝕文武官員例行救護說》《青鎮茶室因捐罷市平議》《選舉投票放假紀念》《西人有黃禍之說試論其然否》）、修身論（《言寡尤行寡悔釋義》《家人利女貞說》《善不積不足以成名……》《有不虞之譽有求全之毀論》），有文字義訓一組六則，而大部分則爲史論，散文只《悲秋》一篇。

寫得筆酣墨暢的是論古說今的歷史人物、歷史事件的評論。早在入家塾之前，母親就教他讀《史鑒節要》；〔註 25〕在立志初小讀過《古文觀止》，也讀過《論說入門》《速通虛字法》，這都有益於他寫史論。他的史論文章，在初小就學時已有很多次習作訓練了，當然我們不會忘記他有「三段公式」。但從現存的兩冊作文可以看到，此時就不是這樣「硬地上掘鱔」了。這裡不可能詳加分析，且以其中的《信陵君之於魏可謂拂臣論》爲例言之。信陵君故事，原是人所共知。但耳熟的是信陵君謙恭待士，門客各儘其長以報公子而已。本書所論乃在信陵公子是否魏之拂臣上，就使文章具有一定難度。少年茅盾先用幾句話作爲全文總攝，提出了自己的看法：英雄豪傑於「天下未亂而知亂之已伏，國家無變而知變端之將萌，……故蒙毀犯謗而必早爲之備」。

〔註 25〕茅盾：《我走過的道路·（二）童年》。

這個看法隱括了拂臣的確切涵義，也暗示了對於信陵的評價。在轉入正面評論信陵竊符救趙事件時，他雖由一般人嘖嘖稱道的不畏強秦、救趙存魏之得落筆，但又立即故意說到其間也有危害存在：「使信陵救趙而兵喪也，則魏將安保？國家安危，間不容髮，而況魏王知害不從，而信陵竊君之重哉。」這個假設，其實是爲了後文反跌，加強了後文「天下勢危」而信陵知秦必破的分析，表明所論的人物「有成竹在胸，豈造次哉」。這樣，似乎信陵確是魏安釐王之拂臣了。爲了造成這一印象，他還援引荀卿之言爲理論根據，列舉歷史上正反面史實來作說明，「英雄爲國家之計，豈拘拘於尊君之義而棄國家於不顧」，信陵君似乎就是這樣的人物了。然而，茅盾的論述，並不止於此，他還在深入展開。「信陵之竊符烏可罪，乃爲功也，然信陵之功可爲拂臣，信陵之志不可爲拂臣。」這令人感到突然嗎？會有一點。於是，他不慌不忙，說出了理由：「蓋信陵之救趙，因平原君一親戚也。」救趙是因爲平原君（信陵君的姐夫）求救，於是「狥親爲英名之累」。讀後，我們便可悟出，他早在開首幾句內就蘊蓄這個意思了，他已經說過，只有在亂機、變端隱而未發之時洞悉其危、早爲之備，並且甘願「蒙毀犯謗」以救天下之危的人，才稱得上是拂臣。信陵功不可鈘，卻無此志，所以不是標準的拂臣。這表明茅盾雖在少年，已經讀史有得，論史有識，因而能層層推進，翻出新意。這樣的史論，還有不少。《馬援不列雲臺功臣論》篇後，教師所寫總評亦可見一端：「馬援以椒房之戚，不列雲臺（按指雲臺二十八將），前人之論多矣，作者復以公私二字，互相推闡，入後又翻進一層立說，足見深人無淺語。」此時的史論已絲毫沒有過去的搭題、感慨，加上「可不 X 乎」結語的「三段公式」的影子了。

茅盾從初小開始就在學校月考（單試國文）中時時獲獎，在家庭裡、親戚中也屢屢取得作文比賽的優勝。暑假在舅舅家裡就有和表兄賽文的故事。那時，舅舅每天晚上點了線香，命他們同時動筆，長短不拘，時間以一支線香燃盡爲度。茅盾總是比他表兄寫得好、寫得快。舅舅非常歡喜這個聰穎好學的外甥。那時，他的課外閱讀也與日並進，尤其愛讀小說。他的記憶力好，複述小說娓娓動聽。每去舅家，表姊總要他講故事。他講起《三國演義》《西遊記》來，往往使年長的人也圍攏來聽故事。一次，他嗓子不行，講了幾句弟弟澤民就叫他「歇歇」，由他接著講下去。這個情景，至今還有家鄉老人言及。

自幼聰慧，又勤奮好學的茅盾，他的才識爲尊長所稱道，爲同學所驚羨。在高等小學階段，就已經才華出眾了。兩冊《文課》上的教師評語，也反映了一個側面。教師讚揚他的史論史識，有云：「好筆力，好見地，讀史有眼，立論有識，小子可造，其竭力用功，勉成大器。」〔註 26〕「慷慨而談，旁若無人，氣勢雄偉，筆鋒銳利，正有王郎拔劍斫地之概。」〔註 27〕「目光如炬，筆銳似劍，揚揚（洋洋）千言，宛若水銀瀉地，無孔不入，國文至此，亦可告無罪矣。」〔註 28〕評價他的時論，有云：「辦地方之事，必寬以籌之，作者謂與小民纏擾不已，至論至論！」〔註 29〕「筆亦開拓，文氣疏暢。」〔註 30〕稱讚他的語言，則說：「有精練語，有深沉語，必如此乃可講談史事。」〔註 31〕「筆意得宋唐文胎息，詞旨近歐蘇兩家，非致力於古文辭者不辦！」〔註 32〕這樣的評語，一個十三、四虛齡的少年竟可得之，其受器重的程度也就可以想見了。是的，評語亦非一例如此，也有指明缺失的時候。如：「人物合論，不可競重一面……」〔註 33〕「警策語尚少。」〔註 34〕「宜修潔爲妙。」〔註 35〕這樣的指疵之言，恰是提出更高的要求，期望他不驕不惰，更上層樓。

少年的茅盾喪父以後，兢兢業業，不懈向上。他很理解母親期望二子成材的心情，他知道應當志於學，愼於行，才能免使母親生氣。母親本來是希望兒子們按照伯蕃公遺囑步步前行的，但她對於茅盾的越來越明顯地展露的文科方面的才智還是感到欣慰的。茅盾後來走上文學道路，得之於這位有見識、做事敏練的母親的也不少，她很懂得讓他順其性發展，發揮他的優長。

茅盾在一九〇九年夏考取湖州府中學，插入二年級之後，就一直在外地求學、工作，雖然也曾回故鄉，但爲時都不長。故鄉的風物，少年時代的見聞，

〔註 26〕《〈宋太祖懷酒釋兵權論〉批語》，《文課》手稿本。批語原件無標點，下同。
〔註 27〕《〈文不愛錢武不惜死論〉・批語》。
〔註 28〕《〈秦始皇漢高祖隋文帝論〉・批語》。
〔註 29〕《〈青鎮茶室因捐罷市平議〉・批語》。
〔註 30〕《〈翌日月蝕文武官員例行救護説〉・批語》。
〔註 31〕《〈燕太子丹使荊軻刺秦王論〉・批語》。
〔註 32〕《〈信陵君之於魏可謂拂臣論〉・批語》。
〔註 33〕《〈張良賈誼合論〉・批語》。
〔註 34〕《〈富弼使契丹論〉・批語》。
〔註 35〕《〈蘇季子不禮於其嫂論〉・批語》。這兩冊《文課》中，《蘇季子不禮於其嫂論》是最長的一篇。

仍然一直在他的夢縈之中。少年時代的生活積累，成爲他二十年代、三十年代幾次回鄉小住時進行新的觀察的基礎。從這個意義上說，少年時代的經歷，也是他某些創作的最初的準備吧。

1982 年 3 月上海

載《中國現代文學研究叢刊》1983 年第 1 期。

新版附錄三：感懷當年一紙書

王爾齡

茅盾先生誕辰 90 週年了。如果我們躋於一堂，向他拜賀九旬整壽，該有多麼好！可是，他已經離開我們 5 個年頭。這幾年裏，我時常想寫一篇文章，敘述 20 多年前得到他覆信的一段情由；但因原信未曾找到（「文革」中恐遭「抄」失，東藏西遷，後來連自己也記不起藏處），無法寫作，一直像欠著一筆債一樣，惴惴不安。現在總算檢了出來，展紙重讀，感念之情又在心頭湧起。

1964 年春末，我爲了考證五卅運動中的「孟姜女調」新詞是否出於瞿秋白手筆，寫信向茅公求教。信裏順便問及他的故鄉鎮名是青鎮還是烏鎮，我說我的故鄉是江蘇省吳江縣盛澤鎮，與烏鎮雖然隔省，卻相距很近，一水可通，人力搖櫓的航船早發可以午至。這封信是寄到中國作協轉交的，5 月 1 日付郵以後我有點失悔自己的孟浪，覺得不該有瀆他的精神，甚至對於是否轉到他的手裏也不敢相信。不久，收到一封來信，信封上有「中華人民共和國文化部沈緘」字樣，稍有驚疑，就立刻從筆跡上判定：茅公來信了。拆開一看，是毛筆直行書寫的一紙書：

> 爾齡同志：5 月 1 日信敬悉。五卅運動時，秋白任上海大學教務長，我亦在上大教書，是很熟的，「孟姜女調」是他作的。
>
> 我是桐鄉縣烏鎮人。烏鎮是個大鎮，清末分爲兩鎮：烏鎮屬湖州府烏程縣，青鎮屬嘉興府桐鄉縣。以後一直分開。據當時的分法，我爲青鎮人。解放後，又合併爲一個，即名烏鎮。盛澤離烏鎮很近。
>
> 匆此奉覆，順頌健康。
>
> 茅盾 5 月 7 日

從所署日期看，「5 月 1 日信」在「5 月 7 日」已經作覆，除去上海至北京平郵郵程 3 天，再除去中國作協轉信要費掉一點時間，可以認定，此信是收信即覆的。

關於瞿秋白同志在五卅運動中的一首通俗詩的問題，向茅盾公提出，請求鑒定，算是恰當不過的了。他們當時不僅同在上海大學執教，而且茅公一家住在閘北順泰里 11 號，瞿秋白、楊之華同志於 1924 年 11 月 7 日結婚後就住在順泰里 12 號，成了緊鄰，往來密切，又都互相知道黨內身份。在次年的五卅運動中，見面談論的次數不算少。五月卅一日晚上到「隔壁秋白家裏去探望」,「瞿秋白這兩天忙得很，是不容易見到他的面的。他見了我們很高興，興致勃勃地講了這兩天鬥爭的情形，他說中央討論的決策是發動在上海的罷市、罷工、罷課運動，推動全國的反帝愛國鬥爭。」〔註 1〕可見他們相熟的程度。茅公的回憶錄裏又記瞿秋白同志主編《熱血日報》的概況，他並沒有忘記「孟姜女調」舊瓶裝新酒的往事：「瞿秋白還用民歌的形式寫了《救國十二月花名》（孟姜女調）和《大流血》（泗州調）等說唱小調。《救國十二月花名》內容是：日本廠剝削殘酷，顧正紅慘死，南京路『五卅』慘案，上海罷市、罷工、罷課，不平等條約兇如虎，要收回租界，全國同胞要團結，國內軍閥一團糟，而最後四句是：『十二月裏來過年忙，千萬同胞永不忘，全國國民齊興起，大家來做革命黨。』……此種舊瓶裝新酒的民歌為廣大工人、小市民所歡迎，起到了重要的反帝愛國的教育作用。此種新形式也是秋白對文藝大眾化的初次的探索，」〔註 2〕事隔多年，當年參加過五卅運動的老工人在 20 世紀 50 年代還能記、唱，也是一個有力的旁證。我們不能用今天的文藝欣賞要求來衡量它們，在當年是被廣泛傳唱、接受，發生過很大影響的。

1964 年 5 月 10 日收到茅公的覆信後，我寫了《瞿秋白的一首佚詩》，寄給《羊城晚報》。大約過了一個月，給發表了。〔註 3〕其中引據茅公覆信的前半，以跋「孟姜女調」的《救國十二月花名》。現在需要指出的是：那個時候，瞿秋白三個字已經開始從報刊上隱掉了，茅公卻仍在信裏談起他，用「是很熟的」來概括他們之間的交往，即使是對一個不相識的人〔註 4〕也並不諱言這

〔註 1〕茅盾：《我走過的道路》，上冊，第 264 頁，人民文學出版社 1981 年 10 月第 1 版。

〔註 2〕《我走過的道路》，上冊，第 271 頁。

〔註 3〕見 1964 年 6 月 25 日《羊城晚報》。

〔註 4〕在 1956 年 10 月 14 日，魯迅墓遷至虹口公園時，我在魯迅新墓墓地見到過茅

一情形。至於我，當時一點也不敏感，不知道報刊上已經忌諱這三個字了，因而提筆撰文，引錄原信，還寫過兩篇紀念瞿秋白同志的短文，也發表在《羊城晚報》上，那已是1965年了。「文革」一到，《討瞿戰報》之類的東西滿街都是，這批「討伐軍」的勇士，竟以想像代替事實，說陶鑄通過《羊城晚報》組織稿件「吹捧」瞿秋白。說之又說，煞有介事。近年看到幾份新編的《瞿秋白研究資料索引》，列於「文革」前的篇目，殿尾的三篇正是拙作。我當然知道自己寫它們是因爲不明政治風向，並非故意觸忌，但《羊城晚報》何以敢於讓它們見報，則至今毫無所知。

扯得遠了一點，還是回到茅公的覆信上來。茅公的信裏簡答了他的里籍，這在今天大約已經是眾所周知的了，而在20多年前，由於我的儉學，卻是第一次聽到有關烏鎮、青鎮的分合沿革。我在寫信的時候，何以提及敝鄉與烏鎮地理上的聯繫呢？原因有兩個。一是因爲我讀過他的散文《蘇嘉路上》，而敝鄉就在蘇州、嘉興的路線上。抗戰前，這裡除了有一條公路外，還築有一條鐵路，與之平行，蘇嘉鐵路極短，雖然在淞滬抗戰時期報上常常提到它，但乘坐過這條線上的狹軌火車的人並不多（因爲它建成後不多幾年，就被日軍拆除，用路軌改鑄武器了），茅公既在抗戰初期坐火車行經此線，我想他對這一線的小地名至少是知道的，二是敝鄉與烏鎮規模相若，社會情形也相彷彿，我讀他的《林家舖子》《春蠶》諸作，早就有親切之感；裏面的人物我都認識！記得我在給他的信裏寫上了這一句話，藉此向他表達一個讀者的敬愛之情。茅公的覆信中帶便說了一句「盛澤離烏鎮很近」；雖只一句，卻也夠我高興的了。

我寫這信的時候，還只有30歲出頭年紀。在驚愕、惶惑中過了「文革」之後，到1979年，又因今代書店曾於1936年印行過茅公的《故鄉雜記》，我疑爲盜版，再次寫信給茅公。那時他年事已高，正在從事回憶錄著作，又患眼病，視力很差，艱於寫字，但他仍託人代答。〔註5〕

公；同日，魯迅紀念館新館預展，又隨同參觀。從我這邊來說，不能認爲緣慳一面，但在茅公，自然是素不相識。

〔註5〕請參閱拙作：「《〈故鄉雜記〉的雜記》，《聊城師院學報》1985年第1期。文中曾據《文學》第6卷第6期（1936年6月1日出版）錄出《茅盾啓事》，這是茅公對今代書店盜印《故鄉雜記》的抗議聲明。當時我看到的該刊有一處將《故鄉雜記》」印成「《故鄉》雜記」，後來看到另一份合訂本，則並無印誤。一誤一不誤的原因，推想起來是這樣的：當時書名號例用曲線（～）加於直排文字的左側，印刷時有一部分刊物因曲線低陷，只印出曲線的一半，以致

茅公是一代文宗，世所景仰。像我這樣一個平凡的後學，也曾得到他的賜教，有生之年將銘記無已，永誌不忘。

《聊城師院學報》1986 年第 2 期

在「故鄉」兩字左側見到曲線，而「雜記」兩字左側無此標號。現在借這個機會補注如上。

新版附錄四：《故鄉雜記》的雜記

王爾齡

茅盾同志的《故鄉雜記》，分為三篇，最初發表於《現代》一卷二期、三期、四期（出版時間為 1932 年 6 月、7 月、8 月）。這是用書信的形式寫的，「先寫此次旅途的所見」，一直寫到故鄉烏鎮「半個月的印象」。那麼他「此次」回鄉，是在什麼時候呢？文中有內證：「這確是 1932 年的家鄉」，而所記作者於這年「一・二八」上海戰爭後回故鄉的所見所聞又具體詳細，看來就在「一・二八」以後所作。寫作的地點呢？文中也有交代：「朋友！你大概能夠猜想到這封信是在怎樣的環境下寫起來的罷？是在我的故鄉的老屋，更深人靜以後，一燈如豆之下！」

《故鄉雜記》寫作的時、地，似乎就可以這樣定了。

可是，事情並不如此簡單。

據葉子銘同志回憶，他在 1978 年幾次寫信向茅公請教有關的事實細節，茅公覆信說：「我說的『一・二八』上海戰爭後我……回烏鎮……那時寫文時的託詞」，否認當時曾回故鄉；後來又在覆信中表示：《故鄉雜記》所寫並「非回家一次的所見所聞」，意思是說，《故鄉雜記》是根據過去歷次回鄉見聞綜合起來寫的。葉子銘同志在第二年又當面向他提出「一・二八」以後確曾回鄉的問題，還排比了茅公當年的許多自述性的材料，供他參考。茅盾終於和家屬共同記起此事。「大約 1932 年夏秋間，茅盾和他夫人、兩個孩子，全家四人確曾回烏鎮」，只是《故鄉雜記》所記並不僅僅得之於這一次故鄉之行，它還集合著別的見聞材料。（請參閱《茅盾漫評》第 161-164 頁，百花文藝出版社版）但把那次回鄉時間定為「1932 年夏秋之間」，仍有記誤，因為《故鄉雜記》發表在當年 6、7、8 月，都在「夏秋之間」以前。茅公的《我走過的道路》改正為「1932 年 5 月和 8 月」「兩次回鄉」，5 月份「把母親送回烏鎮」，住了幾天，「回上海後，我連續寫的三篇《故鄉雜記》」主要就是此行的觀察紀錄。（《我走過的道路》中冊第 130～131 頁，人民文學出版社版）

回憶錄的寫作固然依靠作者頭腦裏留存的珍貴材料，但是也需要參考以往的文字資料，用它來打開記憶之門、核實所憶之事。上面所述的一段文學掌故，也可以作為一個例證。事實上，茅公著述《我走過的道路》，是謹嚴將事的。他儘可能多地搜集早年的有關材料，除了自己保存的以外，還託孔海珠同志在上海購求、複印了大量書刊與報紙文章。當然，即使如此，也不可能一無遺漏。仍以《故鄉雜記》為例，他的回憶錄裏失記了《故鄉雜記》盜版公案。

《故鄉雜記》三篇，於 1933 年初次收入《茅盾散文集》（天馬書店版）。後來又有今代書店 1936 年 5 月初版的單行本。為什麼收進了散文集以後，還出單行本？這個單行本是不是盜版書？1979 年，我就這個問題寫信向茅公請教。承他託人代答：「『今代書店』不清楚，這大概是盜版印的。」我也曾向文化界的幾位前輩探詢 20 世紀 30 年代有無今代書店，仍不能得到確切的答覆。1980 年，瞿光熙同志的遺著《中國現代文學史箚記》由他的女公子瞿堅同志整理以供出版，她囑我讀一遍，提出編稿方面的意見。其中有一篇題為《被盜印的〈北伐途次〉和〈故鄉雜記〉》，是未刊稿；文章說：「《故鄉雜記》是茅盾……寫的三篇雜記，發表在當時的《現代》雜誌，有個書店把它列入《創作叢刊》，印成硬面精裝一冊。茅盾曾為此在《文學》上刊登啓事，表示抗議」，並節引了啓事原文。這使我非常高興，一個探詢多次、一直未能解決的問題，在這裡揭開了。送還全稿以後，我就查找瞿文未記卷期的《文學》。果然，在《文學》第六卷第六期（1936 年 6 月 1 日出版）上查到了，今全錄如下：

茅盾啓事

> 三年前，我寫了一篇《故鄉雜記》，在現代書局出版的《現代》雜誌上發表。此文版權仍為我所有。後來我輯印《茅盾散文集》，曾將此文收入。乃近有今代書店，事前並未徵求我的同意，逕自將《故鄉》雜記（按：原刊如此）單行出版，並與其他人們的作品合為叢書，這是我不能承認的。除向該書店抗議外，合並聲明。

這個《啓事》，表明今代書店的盜版書 5 月印出後茅公就已見到，所以能

在 6 月 1 日出版的刊物上立即刊登《啓事》。〔註 1〕

被盜印的《故鄉雜記》，居然還有版權頁，列出如下幾項：「故鄉雜記，初版，定價二角；一九三六、五，九；著作人茅盾；發行人李應；發行所今代書店，上海福州路二八八、二九〇號；版權所有不許翻印。」末項「版權所有不許翻印」字樣，當然是「版權」者遮人耳目的手法。今代書店似乎不像是虛擬的店名，因爲它有店址。但它不敢說是出版，只稱「發行」，看來是有意留一個退步。曾見兩種書目，在這一單行本書名下註以「現代書店出版」，無疑是誤註了。

我在查得上引的《茅盾啓事》後，本想抄一份寄給茅公，只因他在病中，所以從緩，專待他痊好之後再行抄寄，豈料他不久就溘然長逝了。瞿著《中國現代文學史箚記》到 1984 年才出版，他更不及見。否則，他的回憶錄中當可增加一段往事的憶述，這一盜版書公案的前因後果大約可以彰明了。拙作主要是按照瞿光熙同志的提示，把至今未見他人著錄的《茅盾啓事》全文抄出，〔註 2〕這，也許差可告慰於九泉之下的茅公了。

（1984 年秋，上海）

《聊城師範學院學報》1985 年第 1 期

〔註 1〕《茅盾啓事》所說的「一篇《故鄉雜記》」，是把三篇合爲一個整篇而言的：三篇各有標題，總名《故鄉雜記》。作者當時把它輯入《茅盾散文集》時，列爲第三輯。

〔註 2〕因爲它具有佚文性質，所以悉依原刊抄錄，連排誤之處也僅用括號加按注明。只是當時例以引號兼作書名號，現在則按今天通用的標點符號用法改成書名號。

新版附錄五：《春蠶》從生活到藝術

王爾齡

茅盾同志在早年所作的《我怎樣寫〈春蠶〉》裏說：

> ……生活環境上的限制，使我不敢寫農村，而只敢試試寫《春蠶》：——這只是太湖流域農村生活的一部分，只是農村中的一個季節。〔註1〕

這自然不是說《春蠶》這樣的小說不需要農村生活的經歷，而是表明他對太湖流域蠶農生活的瞭解使他可以寫《春蠶》那樣的作品。他說：「爲什麼竟敢寫《春蠶》呢？亦自有故」。這個「故」，他是明白寫了出來的。簡言之，就是：自幼看見祖母養蠶（「是玩玩性質」），「養蠶的知識就是從這裡來的」；「對於桑的知識卻由來已久」，鎮上有「葉市」，「我家的親戚世交有不少人是『葉市』的要角」，「一年一度的緊張悲樂，我是耳聞目睹的」；「我認識不少幹『繭行』的……這一方面的知識的獲得，就引起了我寫《春蠶》的意思。」那麼，何以要選取蠶農的生活作正面的表現呢？這原因大約就是：他熟悉若干個農民。「我未嘗在農村生活過。我所接近的農民只是常來我家的一些『鄉親』，包括了幾代的『丫姑爺』；但因爲是『丫姑爺』，他們倒不把我當作外人，我能傾聽他們坦白直率地訴說自身的痛苦，甚至還能聽到他們對於我所抱的理想的質疑和反應，一句話，我能看到他們的內心，並從他們口裏知道了農村中一般農民的所思所感與所痛。」〔註2〕

〔註1〕茅盾：《我怎樣寫〈春蠶〉》，原刊《青年知識》，後由1945年出版的《文萃》第一年第八期轉載。

〔註2〕茅盾：《我怎樣寫〈春蠶〉》，原刊《青年知識》，後由1945年出版的《文萃》第一年第八期轉載。

從這裡可以看到：《春蠶》的創作，是作家這方面生活的長期積累的結果。是的，作家自己同時還說：「生活經驗的限制，使我……在構思過程中老是先從一個社會科學的命題開始」〔註 3〕，但那是就產生了創作欲望之後的構思過程而言的。有了長期的生活積累，處於「躍躍欲試」的狀態，「社會科學的命題」也就幫助他分析社會生活，構思作品。

茅盾在向青年談創作時說過一段很有意思的話：「先有了怎樣性格的一個『人物』在胸中，則作品的動作（故事）就有了一個中心」〔註 4〕。《春蠶》正是這樣胸有全人而動筆的。和魯迅先生一樣，他不主張專用一個人做「模特兒」〔註 5〕《春蠶》中的老通寶便是他觀察了、熟悉了若干農民之後創造出來的人物。這個人物，雖然不是專取一人，也不孕育於一朝一夕，但他從茅盾筆下誕生卻應當說胎動於作者 1932 年「一・二八」上海戰事之後的故鄉之行。

茅盾的那次故鄉之行，按作家自己在同年年底所作的《我的回顧》裏所說，是因爲奔喪〔註 6〕。他在故鄉浙江桐鄉烏鎮住了多少時間呢？同年有《故鄉雜記》〔註 7〕，告訴我們此行居鄉半月。在這「五六萬人口的鎮，繁華不下於一個中等的縣城」的烏鎮，他接觸到了許多人物，其中有市鎮綢緞店（實以棉布爲主營商品）經理、雜貨舖老闆，也有「向來小康的自耕農」。後者就是老通寶的原型，或者說是主要原型。茅盾利用這個原型寫出了 20 世紀 30 年代初期的農民貧困化，農村經濟破產的面影。

從原型到典型，從生活到藝術，是對現實生活進行概括、集中、提煉的過程。我們在探討這個問題時，先把有關原型的基本情況轉錄如下：

> 我們家有一位常來的「丫姑老爺」，——那女人從前是我的祖母身邊的丫頭，我想來應該尊他爲「丫姑老爺」庶幾合式，就是懷著此種希望的。他算是鄉下人中間境況較好的了，他是一個向來小康的自耕農，有六七畝稻田和靠廿擔的「葉」……他本人又是非常

〔註 3〕 茅盾：《我怎樣寫〈春蠶〉》，原刊《青年知識》，後由 1945 年出版的《文萃》第一年第八期轉載。

〔註 4〕 茅盾：《創作的準備》第 16 頁，生活書店 1945 年勝利後第一版。

〔註 5〕 茅盾：《創作的準備》第 44 頁，生活書店 1945 年勝利後第一版。

〔註 6〕 茅盾：《我的回顧》，收入《創作的經驗》，天馬書店 1933 年版。

〔註 7〕 茅盾：《故鄉雜記》。共三篇，先曾發表於《現代》第一卷二至四期（1932 年 6 至 8 月），後由今代書店於 1936 年出盜版單行本。

> 勤儉，不喝酒，不吸煙，連小茶館也不上。……近年來也拖了債子。……他希望在今年的「頭蠶」裏可以還清這百十來塊的債。……我覺得他這「希望」是築在沙灘上的，我勸他還不如待價而沽他自己的廿來擔葉，不要自己養蠶。……可是他沉默了半晌後，搖著頭說道：
>
> 「……只要蠶好！到新米收起來，還有半年；我們鄉下人去年的米能夠吃到立夏邊，算是難得的了，不養蠶，下半年吃什麼？」
>
> ……後來我聽說他的蠶也不好，又加以繭價太賤，他只好自己繅絲了，但是把絲去賣，那就簡直沒有人要……

生活中的這個被稱爲「丫姑老爺」的自耕農，在進入小說而成爲老通寶時，爲作家所抓住的是「只要蠶好」這個心理特徵。這原是江南蠶區農村裏自耕農所普遍具有的傳統心理，然而在此時的「丫姑老爺」身上，已經打上了時代的印記，那就是：不僅指望它成爲下半年的衣食之源，還想靠它還掉近年來拖的百十來塊錢的債；而還債這一希求，無疑是「近年來」所特有的，至於何以會如此，其蘊含著的時代因素不能不是 1929 年開始的帝國主義經濟危機以及它們爲擺脫這個深刻的危機而加緊對華侵略，特別是「九・一八」以來的日本軍國主義的武裝侵略。但是，如同《故鄉雜記》所概述的：「把蠶絲看成第二生命的我們家鄉的農民做夢也沒有想到他們這第二生命已經進了鬼門關！他們不知道上海銀錢業都對著受抵的大批陳絲陳繭縐眉頭，說是『受累不堪』！他們更不知道此次上海的戰爭更使那些擱淺了的中國絲廠無從通融款項來開車或收買新繭！他們尤其不知道日本絲在紐約拋售，每包合關平銀五百兩都不到，而據說中國絲成本少算亦在 1000 兩左右呵！」《春蠶》正是在這樣的現實泥土上來描繪自耕農「只要蠶好」的夢幻的。小說的典型化，就置於這個基點上。

「只要蠶好」是從原型吸取來的典型創造的種子，它伴隨著小說情節的展開而開出了世相的花。在情節的組織之中，原型顯然是起著重要的作用的，但是其間既有取捨，也就必有損益。我們把《故鄉雜記》和《春蠶》對看，可以看到小說在把生活中原型的養蠶計劃化爲養蠶的曲折過程的時候，還改變了《故鄉雜記》中補敘的「後來我聽說他的蠶也不好」的偶然現象，在小說中出現的是「（全村）二三十人家都可以採到七八分，老通寶家更是比眾不同，估量來總可以採一個十二三分」。也就是說，小說著重刻劃的是「春蠶熟老通寶一村的人都增加了債」的豐收成災的悲劇。這一變易，對於小說的典型化是非常重要的：若是蠶繭收成不好而增加了債，除了社會原因之外還有自然原因；春蠶熟反而添債，就排除了任何別的原因，突出了農村破產的決定性因素在於帝國主義侵略的深入（國民黨反動派的賣國投降，正是與之狼狽爲奸地宰割人民），並不是老通寶所一再顧忌的「天意」和「命運」。「大蒜頭」不長出茂盛的芽和荷花「偷」蠶不能使蠶花不熟，春蠶熟了卻無法使那些繭廠的門打開。這是人事而非「天命」。

如果說這樣的情節安排有助於小說向縱深開掘，那麼作家對於另一個由生活提供的素材所作的改動就使作品增強了廣闊的背景，《故鄉雜記》裏的那個自耕農因「繭價太賤，他只好自己繅絲了，但是把絲去賣，那就簡直沒有人要」，大多送進當舖換出了當在那裡的米；而在小說裏，老通寶收的繭子有500斤之多，「自家做絲萬萬幹不了」，這時聽說「無錫腳下的繭廠還是照常收繭」，他們搖船到國內最大的繅絲工業城市無錫去，結果「洋種繭一擔只值35元，土種繭一擔20元」，「老通寶他們實賣得111塊錢，除去路上盤川，就剩了整整的100元，不夠償還賣青葉所借的債」；此外還剩下因繭廠挑剔而剩下來的一筐繭子，這一筐有八九十斤，「只好自家做絲了」。但絲又賣不掉，「上當舖當舖也不收」，「說了多少好話，總算把清明前當在那裡的一石米換了出來」。這樣，既寫出了近處的小繭廠開不了門，又表明了無錫的大廠資本家把所受的國際絲市的打擊全數轉嫁到農民身上。小說用這一細節把反映面擴展了，使老通寶的悲劇在歷史的廣闊畫面上呈現出它的必然性來。

小說裏不僅寫了工業資本對自耕農的打擊，也寫了高利貸對於他們的壓榨。在原型身上，這種高利貸的陰影就淡得多。「他的債都是向鎮上熟人那裡『掇轉』來，所以並沒化利息。……他的期限不長，至多三個月，『掇』了甲的錢去還乙，又『掇』了丙的錢去還甲」，他的十缸九蓋法使他基本上躲開了高利貸，但是能有這樣的社會關係的自耕農畢竟不多，而且縱然如此，「他的債至終也是一年多拖似的一年。但是在慢性的走上破產！」「他的白耕農地位未必能夠再保持兩三年。」小說並沒有按照生活中的原型一模一樣地臨寫，它避開了捉襟見肘的十缸九蓋法，而把農村中習見的高利貸剝削採入了老通寶的養蠶過程。這樣寫，當然是出於藝術概括的需要，其結果是使生活中那個「丫姑老爺」的「慢性的走上破產」在進入小說藝術時變爲快速破產。這不僅有助於情節的集中，也加強了人物的典型化。老通寶由於在春蠶期間「蠶養得多，愈好，就愈加困難」，便開始朦朧地感到「眞正世界變了」。

茅盾筆下的老通寶，這個想法固然朦朧，卻已經是這個人物在那個時候所可能有的認識。在原型身上還沒有產生這種生活教訓。《故鄉雜記》說，「他們只知道祖宗以來他們一年的生活費靠著上半年的絲繭和下半年田裏的收成」。這是自耕農世代相承的生活觀念。小說中的老通寶，固然也強烈地維繫著這種觀念，然而，由於他的破產過程速於生活中的原型，生活實感也就逼得他產生了「眞正世界變了」的想法。在小說開篇的時候，寫了「老通寶也聽……說過，今年上海不太平，絲廠都關門，恐怕這裡的繭廠也不能開；但老通寶是不肯相信的」。他雖然看到那具有社會特徵的「柴油引擎的小輪船」沿著血管似的官河駛進鄉村，它的威勢所及，逼使「鄉下『赤膊船』趕快攏岸，船上人揪住了泥岸上的茅草，船和人好像在那裡打秋韆」；他雖然「也明明看到自從鎮上有了洋紗，洋布，洋油——這一類洋貨，而且河裏有了小火輪船以後，他自己田裏生出來的東西就一天一天不値錢，而鎮上的東西卻一天一天貴起來」，並因此仇恨洋鬼子，但依然相信春蠶豐收會改變他的窘境。雖然在「五年前」，即 1927 年，「有人告訴他：朝代又改了，新朝代是要『打倒』洋鬼子的」，他也因爲「他上鎮去看見那新到的喊著『打倒洋鬼子』的年青人們都穿了洋鬼子衣服」，便確鑿地認定「這夥年青人一定私通洋鬼子，卻故意來騙鄉下人」，但是這個生活觀察並沒有改變他所崇奉的豐收會帶來好的生活的信念。後來，豐收卻給他帶來了更重的債務，於是產生了「眞正世界變了」的直觀體察的結論。小說就在這樣的合乎生活邏輯的發展中塑造了典型環境中的典型性格。

「成功的『人物』描寫，決不是單依了某一個人作爲『模特兒』。」「必須使你筆下的『人物』和社會上相當的那一群活人之間：——同中有異，異中有同。」〔註 8〕《春蠶》正是寫出了這樣一個面熟的「陌生人」——具有歷史的豐富性、具體性的飽滿的藝術典型。小說的成功雖然有賴於這次故鄉之行，但是生活的基礎則是以往厚積起來的，正因爲如此，故鄉之行與那位自耕農的談話便喚起了作家對他熟稔的人物、鄉村的畫面的回憶，調動了他的形象思維的積極性。於是《春蠶》通過一個典型的農家——老通寶和他的兒子媳婦——由小康而趨於破產的過程，描繪了一幅「九・一八」事變後中國江南農村經濟貧困的圖畫，從而使它成爲我國五四以來的優秀短篇，老通寶

〔註 8〕《創作的準備》第 43、45 頁，版別見前。

也就列入了 20 世紀 30 年代中國文學的藝術畫廊。

原型，自然是生活中存在的；而對原型作藝術概括、創造出典型來，則必須從生活出發，遵循生活的邏輯，進行藝術創造，揭示生活的本質（但並不捨棄生活中表現出來的形象）。藝術眞實建立在生活眞實的基礎上，《春蠶》對生活素材的吸取和提煉，爲我們提供了一個範例。

原載《雨花》1979 年第 6 期

新版附錄六：《林家舖子》從生活到藝術

王爾齡

《林家舖子》是茅盾同志四十多年前的許多優秀短篇小說之一。它寫於1932年6月18日，發表於《申報》月刊一卷一期（同年7月15日出版），一經問世就立刻得到進步文藝界和廣大讀者的重視和好評。不久，收進他的短篇小說集《春蠶》，遭到了國民黨中央黨部的查禁。這篇小說以它的生活眞實性和藝術眞實性相統一的特點，以它的鮮明政治傾向和高度典型概括相統一的特點，成爲中國現代文學史上的藝術珍品。余生也晚，當我讀到它時已是40 年代後期了。一讀之下，最先想到的就是：小說裏的人物，我認識他們！這個最初的印象，一直保留著。1965 年，我在寫信向茅盾同志請教一些問題的時候，順便說了一點：我幼年居住的市鎮，和茅盾同志的故鄉青鎮（浙江桐鄉縣烏鎮）相鄰，一水可通，而且早發可以午至。兩鎮的規模也差不多，如同他所說，「是五六萬人口的鎮，繁華不下於一個中等的縣城」。茅盾同志覆信時，也提到了他對那個鄰鎮是有所聞的，《林家舖子》裏的人物「我認識他們」，就是因爲兩鎮有共同之處，而我年幼時如聽「天寶舊事」似地聽過老輩講述30年代時我鎮的風物人事，也見過其中一些人。

但是，我現在來試寫這個題目，並不是想用這些浮淺印象來印證《林家舖子》。我所依據的是作家自己筆下的記載。他在 1932 年寫的《我的回顧》裏說：

> 本年元旦，病又來了，以後是上海發生戰事，我自己奔喪，長篇《子夜》擱起了，偶有時間就再做些短篇，《林家舖子》和《小巫》便是那時的作品。題材是又一次改換，我第一回描寫到鄉村小鎮的人生。

那年春天他返故鄉奔喪，僅住半月，卻「在我的故鄉的老屋，更深人靜以後，一燈如豆之下」寫了《故鄉雜記》。而讀《故鄉雜記》，正可窺見他「第一回描寫到鄉村小鎮的人生」的《林家舖子》是怎樣進行藝術概括的。

一

《林家舖子》集中了30年代初期的江南城鎮的許多社會矛盾。小說裏所寫到的矛盾，幾乎在《故鄉雜記》裏都有所接觸。

我們且從幾個方面來看：

農村經濟破產。「去年這裡四鄉收成也還好」，可是一位自耕農說：「我們鄉下人去年的米能夠吃到立夏邊，算是難得的了」，「鎮裏東西樣樣都貴了，鄉下人田地裏種出來的東西卻貴不起來，晚糧呢，去年又比前年貴，——一年一年加上去。零零碎碎又有許多捐」，「近年來也拖了債了」。養蠶賣繭或賣絲，「賣來賣去總是太虧本」，而且繭廠也停業了，一個綢緞店（經營不限於綢緞，也包括棉布）經理說：「鄉下人窮，鄉莊生意老早走光。」

商業蕭條。上面提到的那個綢緞店經理又說：「我們做生意人日子難過：上海開了火，錢莊就不通，賬頭又收不起，生意的活路斷得乾乾淨淨了；近年來捐稅忒重，……現在省裏又要抽國難稅」。有一個小商人談起這件事，就哭喪著臉說：「市面已冷落得很。小小鎮頭，舊年年底就倒閉了廿多家舖子。現在又加上這國難捐，我們只好不做生意。」

市鎮商人想方設法把負擔轉嫁到農民身上，他們借國難捐的題目來要求取消香市的禁令，「這意思就是：……我們可生不出錢來，除非在鄉下人身上想法。」然而，「在飢餓線上掙扎的鄉下人再沒有閑錢來逛香市，他們連日用必需品都只好拼著不用了。」連「一花獨秀」的當舖，雖則「擠滿了鄉下人」，但「營業沒有利益」，因為「等候當了錢去買米吃的鄉下人」把東西送進當舖「永遠不能取贖」。

搶案四起。「嘉興到蘇州一路紮的兵越多，小火輪倒是三日兩頭搶！」作案的是誰呢？「就是伊拉自家做的呀！」還有「太保阿書部下搶劫了一回」。

市鎮商人也身受國民黨反動派的壓迫，除了上面所錄的敲詐、搶劫使他們痛恨之外，他們對於黨棍的政治迫害也避之唯恐不及。茅盾同志在小火輪裏聽一些小商人談論「一·二八」上海戰事時偶爾插了一句話，「大家都愕然轉眼對我看，……眼睛裏又閃著懷疑的光彩，我看出這些眼睛彷彿在那裡互相詢問：他不是什麼黨部裏的人罷？但幸而我的口音裏還帶著多少成分的鄉音，他們立即猜度我大概是故鄉的一大批『在外頭吃飯』的人們之一，所以隨即放寬了心了。」他們已經認識到，黨部老爺如同兇神惡煞、催命判官在威懾他們了。

《故鄉雜記》裏所記載的這些見聞，都成爲小說的生活素材，被寫到《林家舖子》裏了，當然，社會生活的進入小說，不能像照相一樣攝錄，而必須經過提煉、鎔鑄，特別是短篇，時間、地點要濃縮，人物要儉省，事件要儘可能地單一，以利於集中矛盾。《林家舖子》把上述的矛盾（以及《故鄉雜記》裏沒有涉及到的矛盾）都集中到一家開設在江南市鎮上的祖傳老店——小型百貨店的從掙扎到倒閉的短短過程中來顯示，並且在反映錯綜複雜的矛盾中揭示出當時社會的主要矛盾。

二

文學作品要集中地反映生活中的矛盾，當然有賴於作家對生活本質的認識，但作家並不捨去生活表象，而是在積累生活表象，取其具有典型意義和本質特徵的部分，通過集中和概括，使現實中的零碎形象形成一個整體。作家是用具體可感的形象來進行思考的，在這樣的思考中包含著他對生活的本質的理解。《林家舖子》的事件和人物的典型化過程也就是零碎形象形成爲整體形象的過程。

《林家舖子》這篇「描寫到鄉村小鎮的人生」的小說，是圍繞鎮上習見的一個「連家店」在「年關」（春節）前後幾天內的顛沛搖晃而終於倒閉的故事來開展的，諸多的矛盾都集中在這「連家店」的店舖和內宅裏，更確切地說，是在店舖和內宅諸人中處於中心地位的林老闆身上。爲什麼選擇這樣的店和人呢？因爲設在江南集鎮——這是初級市場——上的店舖，聯繫著農村，聯繫著上海這個大城市，城鄉的變動都給它帶來重大影響；與鎮上的各個方面，商業競爭的對手、轉手批發的對象、借款的錢莊、吸引來存錢的散戶、從上海逃難來的人家、國民黨反動官僚，都會發生糾葛，而它的老闆，就處在這諸多矛盾的交叉點上。

小說正是圍繞著林家舖子從掙扎到倒閉這一基本情節展開，寫出了林老闆的悲劇故事，映現出了一幅 30 年代初期城鄉經濟破產、人民生活貧困化的眞實圖畫。這幅圖畫既是林家舖子的背景，又是推動故事發展的構成因素。

農村經濟的破產，在小說裏有直接描寫，那就是賣傘的細節。儘管林老闆親自出馬，用動聽的語言兜售一把晴雨洋傘，但這一筆小小的生意也仍然沒有做成，「委實是鄉下人太窮了」。作者對於當舖的「一花獨秀」景象，是不願捨棄的，當舖與林家舖子又難於發生瓜葛，但他仍巧妙地用一個細節把當舖前的「繁榮」引入故事。小說裏寫林老闆在年關前，要付吳媽的工錢，愛女的「那件大綢新旗袍」，便上了當舖，「小學徒從清早七點鐘就去那家唯一的當舖面前守候，直到九點鐘方才從人堆裏拿了兩塊錢擠出來。這已是最高價。……叫做『兩塊錢封門』。鄉下人忍著冷剝下身上的棉襖遞上櫃檯去，那當舖裏的夥計拿起來抖了一抖，就直丟出去，怒聲喊道：『不當！』」這眞是一石三鳥：寫了林老闆在這「從沒見過這樣冷落淒涼的年關」前的淒涼，同時也寫了「鄉下人太窮」，更寫了林老闆的淒涼雖與農村經濟破產有關，但他畢竟還比農民的境況好得多。

小說反映城鄉人民貧困化，不僅描寫了鄉莊生意走光，還寫了上海東升號派來收賬員索債，恒源錢莊用扣留莊票、派人到店提取每日營業額八成等方式逼債，間接地表現了身在上海的民族資本家為擺脫「一・二八」事件帶來的危機，在收緊銀根，加緊對城鎮小商人的壓迫。同業裕昌祥的競爭（爭顧客，造謠言，乘機挖貨），林家舖子對批貨色去的小店的逼索賬款，也表明了他們都在為「救出自己」作掙扎。所有這些工商業者內部的矛盾傾軋，都是因日本帝國主義侵華戰爭而激化起來的。

林老闆的自救之術並不能解危舒困，結果就吞吃了陳老七、張寡婦、朱三阿太的存款，這三個受害者「一個是老頭子，兩個是孤苦的女人」。

小說展開矛盾衝突的場景雖然絕大部分放在林家舖子的舖面和內宅，但它聯繫著當時社會生活的一些重要方面；而構成小說的主要矛盾的是國民黨反動勢力的代表人物黑麻子、卜局長和林老闆的矛盾。卜局長並沒有出場，黨部的黑麻子最後才露面，但他們自始至終威脅著林老闆的命運。一次又一次的敲詐，不斷的捐稅，加上兵隊「借餉」、拉夫，卜局長脅迫林老闆答應送女兒去做小老婆，反動派的陰影無時無刻不在向他壓來。這些國民黨老爺們在拘捕林老闆時用的是保障孤苦人存款的名目，但恰恰就是這種敲詐成了林家舖子倒閉的最後的棒槌，這些官老爺既吞沒了林老闆吞吃的張寡婦等孤苦人的錢，又奪走了張寡婦的兒子、逼瘋了這個苦人兒。

就是這樣，小說縱橫深廣地描繪了市鎮小商人的處境和命運，主要矛頭始終指向代表著帝國主義、封建主義、官僚資本主義利益的國民黨反動統治。

三

文學作品中的矛盾衝突並非生活矛盾的集納，而是它的典型化。爲了要在個性中反映共性，用特殊來表現一般，作家在鎔鑄生活表象時，也必然有所改造，其中包括變易和虛構。

我們可以把《故鄉雜記》和《林家舖子》對看。比如搶劫，《故鄉雜記》裏記載國民黨反動軍隊、「太保阿書部下」分別作過案。小說裏也寫到過「快班船遭了強盜搶」，但並沒有實寫，只是從一心惦念著出去收賬的壽生是否平安的林先生的神經過敏來寫的。（當然，他之所以有此過敏，必是以前曾經有人遭遇過）。小說裏不寫林家舖子遭搶，而寫收賬回來的壽生「碰到拉夫」「差一些兒被他們抓住」，是爲了寫這家舖子幾經險浪都掙扎著渡了過去，而仍然在反動派的壓迫下倒閉。賬款遭搶、攜有賬款的店員被拉夫（賬款也自然被搜去）之類固然是無妄之災；像小說裏所寫，國民黨黨部的壓迫造成了林老闆家破人亡，就更有典型性。

《故鄉雜記》寫到，「『香市』舉行了，但鎮上的商人還是失望。在飢餓線上掙扎的鄉下人再沒有閑錢來逛香市，他們連日用必需品都只好拼著不用了」，更何況看「各式賣耍貨的攤子，各式打拳頭變戲法傀儡戲髦兒戲」。小說只寫年關前後的幾天，還不到香市的時候，就改從春節「關帝廟前空場上，照例來了跑江湖趕新年生意的攤販和變把戲的雜耍」來寫，寫了他們「連伙食都開銷不了，白賴在『安商客寓』裏」。如果光是這樣，就與整個小說的矛盾衝突游離了，但作者有的是典型化的藝術手段，請看下面一句：「只有那班變把戲的出了八塊錢的大生意，黨老爺們喚他們去點綴了一番『昇平氣象』。」把生活中的見聞，作了一些更易，就達到了藝術眞實。妙就妙在敘述黨老爺以變把戲來點綴「昇平」，原先的變把戲班子只是以把戲騙錢，黨老爺用變把戲的手法變了一點把戲，實際上也正曝露了他們平時所作所爲，無非是在變著政治壓迫的把戲斂錢。小說中的這個細節出現在林家舖子倒閉的前夕，也就預示著又一個把戲要開場了。

小說裏寫三個孤苦人存款被吞，連林家舖子破產後舖子裏一點東西也分攤不到，全被有勢力的債主拿去，黑麻子指揮員警驅散了這三個孤苦人，張寡婦又因此失子、發瘋。這樣的情節，在《故鄉雜記》裏沒有記載。孤苦人

「吃倒賬」而不能撈回一點損失的事，在那時是屢見不鮮的，在我的叔伯祖母、長輩親戚中就有幾位受此遭遇。茅盾同志在小說裏寫這樣的情節，前面多次舖墊，結尾著力描繪，自然是因爲以前早有所見所聞。這種生活素材，組織到小說裏時，大約會毫無改動。這一情節的出現，對於揭露林老闆欺榨更弱者，對於韃撻元兇——國民黨反動派的黑暗統治，都具有重要作用，是不可忽視的。

《林家舖子》的創作，非常明顯，是從返鄉半月的見聞中得到生活的暗示，以及非寫不可的創作衝動的。但生活的積累又遠遠不止這半個月。可以認爲，那次返鄉，使他過去熟稔的人和事湧到了腦際，而新的觀察又提掇了他舊日的積累，於是，零碎的形象化合爲完整的形象，生活的眞實發展爲藝術的眞實；而這是在他的形象思維成熟過程中達到的。

原載《東海》1979 年第 2 期

新版附錄七：茅盾對兒童文學事業的貢獻

孔海珠

茅盾為我國現代文學的發展作出了傑出的貢獻，如果把兒童文學比作是現代文學中的一朵小花，那麼，茅盾為培育這朵奇異的花曾灑過自己的汗水，可以稱得上是辛勤的園丁和歌手了！

我國的兒童文學是在「五四」新文學運動萌芽，興起的過程中逐漸發展的，在「五四」之前，「還沒有『兒童文學』這名稱。」「大概是『五四』運動的上一年罷，《新青年》雜誌有一條啓事，徵求關於『婦女問題』和『兒童問題』的文章。『五四』時代開始注意『兒童文學』，是把『兒童文學』和『兒童問題』聯繫起來看的。」〔註1〕不久，魯迅在《新青年》上發表了他的第一篇小說《狂人日記》，發出了「救救孩子」的吶喊。茅盾就是在這時候開始他的兒童文學寫作的，從此以後，他在兒童文學的許多種類，如科學文藝、童話、神話、寓言、兒童文學評論、兒童文學創作等各個方面，都作出了自己的努力，成績是卓著的。這裡，想就茅盾在兒童文學方面的貢獻，作一些探索，以了解這位熱情關注兒童文學的先驅者的業績。

一

科學文藝在我國的傳播很早，一九〇三年和一九〇六年魯迅從日文版轉譯了兩部法國儒勒·凡爾納的科學幻想小說《月界旅行》、《地底旅行》。接著，茅盾於一九一七年在商務印書館出版的《學生雜誌》上發表了科學小說《三百年孵化之卵》，之後，又發表了《兩月中之建築譚》、《二十世紀後之南極》、《理工學生在校記》，這些是茅盾早期（五四運動之前）翻譯作品的代表。他

〔註1〕茅盾：《關於「兒童文學」》，載《文學》月刊4卷第2期，1935年2月。

在八十二歲高齡時曾回憶說：「朱元善〔註 2〕請我譯點小東西，出了個題目，說《學生雜誌》上沒有登過小說，現在打算登點小說，學生最好看點科學小說，要我找材料。我在涵芬樓圖書館的英美舊雜誌中發現兩種雜誌，一種叫《我的雜誌》，一種叫《兒童百科全書》，這也是每月出版，像雜誌形式，兩者都是供給中學生以歷史、科學知識的通俗讀物。我在後者或前者找到一篇可以說是科學幻想小說，我把它譯出來，就是《三百年孵化之卵》。」〔註 3〕

茅盾熱心於科學小說和科學知識的介紹，和他早年所受的家庭教育有著密切聯繫。

他生長在一個開明的知識份子家庭裡，父親是一位「維新派」，喜歡自然科學，特別是算學，常託人去買新出的算學書，時常教孩子算學，講述「實業救國」、「科學救國」的道理。雖然幼年時的茅盾對算學是那樣的「不近」，但在他父親影響下，對科學救國的道理，文明進步的趨勢是很理解的。最近，在茅盾故鄉發現了他的兩冊小學時代的作文本，上面就有他寫的提倡改革、鼓吹新學、贊揚衛生、介紹科學知識的作文。由此可窺見幼年時代的茅盾的一些思想。一九一七年左右，西方文明衝擊著舊中國，國內革新思潮日益高漲，當時的《新青年》雜誌提出了「文學革命」的口號。青年時代的茅盾受了進步思潮以及家庭、學校的影響，所以一開始從事文學事業，便熱衷於翻譯科學小說。

茅盾所選譯的四篇科學文藝作品，原著者沒有署名，其內容都是教育青年以不畏艱辛、艱苦奮鬥、通過克服困難達到理想王國爲主題的。這裡把這四篇作品簡略介紹如下：

《三百年孵化之卵》是個探險故事，用第一人稱敘述。說主人公到一個荒島上探得幾枚三百年前遺留下來的鳥蛋，但是得蛋後卻不能回到陸地上去了，留在島上過著魯濱遜式的生活。他把最後一隻鳥蛋孵化成了一隻駝形的鳥，並精心哺育其成長，哪知此鳥長大後野心不減，漸漸不受馴化，最後逃入森林。以後主人和鳥爲了覓食，互成仇敵，主人被鳥擊傷，不省人事，一艘從海上駛過的軍艦發現島上大火才將他救到艦上，但這位探險家仍很留戀島上的生活。整個故事情節曲折，文字流暢，描寫細膩，讀來彷彿身臨其境。

〔註 2〕朱元善，商務印書館出版的《教育雜誌》、《學生雜誌》、《少年雜誌》的主編。
〔註 3〕茅盾：《我走過的道路》（上），123～124 頁，人民出版社 1981 年 10 月出版。

《兩個月中之建築譚》（本書未收）是美國洛賽爾．彭特著，由茅盾和他的弟弟沈澤民合譯。小說講述了兩位十五歲的中學生，在暑假中去美國紐約參觀各種建築物的故事。他們參觀了高層建築的升降機、鋼筋、鋼柱；參觀了地下隧道工程，了解到地下工程的危險；又參觀了橋樑，船塢工程，並到海底周遊，目擊潛艇的操演。最後這兩位少年被大學破格錄取學習工程，實現了學習科學的理想。這篇文章中介紹的科學知識，在當時可能還是先進技術。

《二十世紀後之南極》講飛機去南極探險的故事。年青的茅盾在該文中譴責了飛機用於戰爭，提出應該用於戰勝自然界。故事講有兩位勇敢少年參加了有飛機和戰艦聯合組成的南極探險團，碰到了很多困難，差一點「全軍覆滅」，但兩位少年決心不變，經過努力終於探得了南極的地形及氣候等情況，對以後開發南極立下了汗馬功勞，並且預言二十世紀後的南極將是一個極樂國。

《理工學生在校記》（本書未收）在《學生雜誌》七卷七至十二期和八卷二至三期上連載，全文分二十五章，共有六萬多字。「嚴格而言，這不是科學小說，而只是用小說形式敘述科學知識。」〔註4〕它講述一群學理工的中專學生，在一位教授的指引下學到不少科學常識和實踐本領，如測量、架橋、挖運河等。這二十五章的內容有：一、入會式；二、學監私室之大會；三、堰工及船工；四、新會所；五、夜警；六、古工程師之維新會；七、秘密航船；八、測量：測遠；九、測量：測高；十、測湖；十一、測湖深；十二、遠鏡；十三、桁橋；十四、雪戰；十五、驗地震器：原理；十六、驗地震器：製法；十七、運河；十八、飄空機；十九、兇宅；二十、授時一：日規；二十一、授時二：水鐘；二十二、魚尾推進器；二十三、埃及式之游藝會；二十四、水嬉；二十五、斐賽紀念泉。從以上抄錄的章節題目中，不難看出這篇文章的內容。此文中還加了不少插圖，以圖解技術問題。在當時缺少科學知識的學生，可能會對這些技術感到興趣，然而作爲小說畢竟遜色，難怪作者自己聲稱：「這不是科學小說」。此文署雁冰、澤民合譯，實際上沈澤民譯科技部分，沈雁冰在文字上加以修飾。

茅盾早期翻譯的科學文藝作品，可以說有三個特點：一、小說的主人公都是青年或學生；二、小說的內容都是講探險；三、在講故事中灌輸科學知識。

〔註 4〕 茅盾：《我走過的道路》（上），129 頁。

這些特點說明這些作品是適宜給學生看的，所以《學生雜誌》能連續刊登。

在翻譯手法上，茅盾用了當時很流行的意譯，深受林譯小說的影響，這可能和他母親有關，他母親是位知書達禮的婦女，很喜歡看小說，對風行一時的林譯小說十分喜愛，一有新書總要委人購上一冊，所以家中頗有藏書，這對喜歡看「閑書」的茅盾是個極好的機會。「五四」前後爲中國新文學建樹了輝煌業績的魯迅、郭沫若等人，在年青時，都從林譯作品中吸取過營養。同時代的茅盾也不例外，如他在一九二四年校注了林紓、魏易合譯的《撒克遜劫後英雄略》，對這個譯本頗爲讚賞。

介紹科學知識、寫科學小品，比科學小說稍晚，除一九一六年的《衣、食、住》外，從一九一九年十二月至一九二〇年十月，短短的十個月中，茅盾在《學生雜誌》、《婦女雜誌》上寫了十四篇介紹科學知識的文章。這些文章的知識面很廣，有上天的飛機，入海的潛艇，天文的新發現，生理的新發現，動物的語言研究，乃至火山爆發等等。這些文章有一個共同的特點，即是介紹西方的先進科學，擴大學生的眼界，並希望中國向西方的先進科學學習。如在一篇《航空救命傘》中，他介紹了九種飛行傘後，說：「我們中國的航空事業程度極淺，大家聽得航空二字，都以爲是不好玩的把戲，現在曉得有這許多救命傘做保障，也該可以膽大一些了吧。」又如在《人工降雨》一文結束時說：「蕭伯納著了一本劇本《人及超人》，第三章裡也有極力攻擊近世科學的話，說是殺人的科學發明多，生人的科學發明少」，「不過吾們平靜看來，科學給人類的幸福，到底也不在少數，而且害人的科學，也是人造出來的；我們只好怪人，不好怪科學，我們應該極力稱讚有益於人類，即是讚人類打破自然的障礙的科學。本篇所說的人工降雨，便是本著這個意思。」從這些話可以看出茅盾在當時向年青朋友介紹科學知識的本意，他相信「一部人類文明史，便滿畫著科學發達的痕跡」。

茅盾在《學生雜誌》學藝欄裏所寫的十四篇介紹科學知識的文章，材料大多取於外國刊物，他採取了有選擇的編寫方法，除保留科技知識外，常夾雜有自己的議論，借此和讀者娓娓交談，引發思考，頗爲親切。如在《譚天一——新發現的星》一文中，講述正文之前，介紹說：「去年美國天文學家曾算得五星聯珠，陽曆十二月十七日到二十二日這幾天內，因爲五星向日的吸力驟然增大，穿到日面，要使日面新生個星點，發射無量的炭氣，那時要影響到地面，有風暴和大水。這個消息傳開，十二月十七日這一天，大家就不敢安安穩穩過去，有些人竟說是地球的末日到了。但是現在竟安安穩穩過了十二月，是一千九百二十年的二月了。」這個關係到人類在地球上生存的開頭，頗吸引人，接著他在文中解釋道：「天空現象，有的是可以推算得準的，如眾星的運行什麼時代在什麼度；有的是不能推算準的，例如天空某某現象所發生或影響於地球的結果。前幾年，哈來彗星的軌道和地球交在一處了，那是預先算定的，但一交之後，地球被毀問題，到底沒有算定。今次這回事也是一樣……可憐中國人沒常識，卻大驚小怪了好幾天。」敘述了上述科學知識後，又繼續說：「一九一八年天文界中發現一個新星，倒是一樁可以研究的事，中國人眞是但顧目前且無功夫，那有心情去談天說地，所以直到現在也沒有人提起。我趁這個當兒，略把這個新星說一說。」即使在介紹新星位置怎麼測量這一頗爲高深的科學問題時，茅盾也還是談家常一樣信筆行文。他這種風格，在其他介紹科學知識的文章中比比皆是。

還值得注意的是，茅盾在取材上的唯物主義觀點。在《學生雜誌》七卷七號，刊登了兩篇翻譯的科學作品，他在《時間空間的新概念》一文的譯者附注中說：「此篇本《笛愛爾》雜誌一九二〇年二月號內克勞特·勃拉頓所著譯出，是偏於認識論一面的。」另一篇《天河與人類的關係》，材料大半取於華萊茲所著的《人在宇宙的位置》這部唯物主義著作。這都說明茅盾在當時已注意到唯物主義的新知識、新科學、新觀念。

二

茅盾編譯和撰寫童話比科學文藝稍晚。當孫毓修編的《童話》叢書出版到近五十種時，他才參加這套叢書的編譯工作，他的十七本童話集列爲《童話》叢書的第一集六十九編至八十九編。這些叢書從編撰角度看，可分爲兩類：編譯和編纂。編譯是根據西洋民間故事和兒童文學名著翻譯編寫而成，編纂是根據中國歷史故事與民間故事改編而成。除了以上兩類，茅盾有沒有創作的童話呢？趙景深先生曾在《孫毓修的童話來源》一文中說：「《書呆子》和《尋快樂》似乎是沈德鴻的創作。」現在的研究者也同意這個看法，有的甚至把《一段麻》也列入創作，有的則肯定「茅盾在改編中國民間故事、吸收外國童話和創作童話這三個方面都作了嘗試，爲『五四』時期的童話發展開闢了三條途徑。」關於這個問題，筆者在一九八〇年十一月曾請教過茅盾本人，希望他能正確地回憶一下。由於事隔久遠，他也記不起來。當我把《尋快樂》的故事口述給他聽後，他說：「好像是有根據的。」沉吟了一下，又說：「是編的吧，沒有創作過。」當時我覺得老人家過於謹慎，但回滬後查閱他的其他文章，果眞發現了這個故事來源的線索，使我對他的謹愼和實事求是肅然起敬。在《學生雜誌》五卷十期、十一期（1918 年 10 月至 11 月）上，有一個內容與童話《尋快樂》雷同的劇本，題爲《求幸福》，署名雁冰，全劇英漢對照，劇中人物有老年、經驗、財、聲色、邪心、死、眞理、幸福，「眞理」和「幸福」沒有出場。劇情是這樣的：一個老年要找回分別已久的老朋友「幸福」，請「經驗」幫助，「經驗」說，找到「眞理」後才能找到「幸福」，但「老年」上了「財」的當，到「聲色」家裡去找「幸福」，結果遇上了「邪」，於是「老年」準備跟「邪」去找「幸福」，直至受到「死」的警告才回心轉意去找「眞理」。劇本《求幸福》和童話《尋快樂》在人物和情節上十分相似，只是童話的內容比劇本更簡練，人物更集中，也更中國化，在童話裡主人公老年，已改爲一個十四、五歲的少年。這一改編使作品更適合中國少年兒童閱讀，教育意義也加深了。《尋快樂》出版於《求幸福》之後，在版權頁上有「編譯」兩字。顯然童話是從劇本改編而來，但劇本是編譯的根據，經多方尋覓也未發現線索。

在茅盾編譯撰寫的十七本童話中，以中國歷史故事爲題材的有五本。其中《大槐國》是根據唐朝李公佐所撰傳奇《南柯太守》改編，說一個名叫淳于棼的，在槐樹下「南柯一夢」，醒悟到榮華富貴不過一場夢罷了；《千匹絹》和《負骨報恩》，是講述唐朝吳保安和郭仲翔的患難之交，前一篇說吳保安棄家贖友，千辛萬苦，贖出郭仲翔，後一篇說郭仲翔報恩讓官，提攜吳保安之子，這是有連貫的兩則故事，同出《今古奇觀》（《古今小說》）中的《吳保安棄家贖友》；《今古奇觀》中的《羊角哀捨命全交》一卷，被改編成《樹中餓》，講述戰國時左柏桃、羊角哀胸懷大志，以圖報國，但事業未成，兩人同歸於盡的故事；《牧羊郎官》的題材選自《漢書》，說西漢時，牧主出身的卜式，牧羊有方，家資富足，生活儉樸，屢以家財捐助政府，愛國而不求官的故事。

中國故事《書呆子》，通過兩個小學生看蜜蜂分房，其中被喚做「書呆子」的同學，由於從書中弄懂了蜜蜂分房的知識，從而救了一位被蜂圍攻的同學，說明愛看書並不就是呆子。編這本書是「希望小學生看了，不用功的變爲用功，用功的更加用功，再不把書呆子三字笑人。」這則故事，似乎創作的成份頗多。

從上述幾篇茅盾早期編譯的作品中，我們多少可以看出一些他當時的思想水平和藝術風格。

茅盾的十七本童話集子中，寓言故事有三本：《獅驢訪豬》、《平和會議》、《兔娶婦》」，而其中每個本子裡，又有好幾個短篇，內容大都譯自《伊索寓言》和《希臘寓言》，當然也有幾篇例外，如《學由瓜得》、《以鏡為鑒》等，這些是中國民間故事，可能由於故事短，寓意深刻，因而被匯編在一起了。選自《格林童話》的有四本：《蛙公主》，根據《蛙》編譯；《怪花園》根據《獅王》編譯；《海斯交運》根據《海獅在幸運中》編譯；其中《飛行鞋》，在我國無聲電影時期，已被改編拍攝成電影，在孩子們中間有一定的影響。此外，《一段麻》是根據愛爾蘭女作家瑪麗亞・埃寄華斯的《不要浪費，不要妄取》編譯；《金龜》是《天方夜譚》中的一則故事；《驢大哥》是用擬人手法，講述意大利南方有幾個小動物團結起來求生存的故事，大約是從故事讀本中選譯而來。

茅盾的十七本童話中，編纂的有五本，編譯的有十一本，編著的（其實是創作）一本。

茅盾編撰的童話，首先注意知識面，在十七本童話中包羅了中外古今各個方面，接觸各種題材，幫助他們開拓視野，啓迪心智；其次注意作品的教育意義，他認為童話是一種有力的教育手段，好的童話往往能把一些抽象的道理和道德觀念變得具體生動，使兒童樂於接受，如《尋快樂》的改編就是一例，童話比劇本更加通俗、準確、形象地表達了如何才能尋到快樂這個主題，教育意義也就更加深刻。

茅盾也很注意寓言這個文學樣式。寓言是一種隱含著明顯諷喻意義的簡短故事，它和童話有區別。茅盾編譯的三本寓言故事，以宣傳美和醜不能調和、弱小者敢於和強大者鬥智為內容。也有從正面教育出發的，用自己力氣掙飯吃的《驢大哥》，人小志大、戰勝魔鬼的《飛行鞋》，美麗善良的姑娘得到了幸福的《怪花園》，譴責不守信用的《蛙公主》等等。

十七本童話在表現形式上，也是多種多樣的。一般說，童話可分超人體、擬人體和常人體三類。茅盾的童話則三類都具備。超人體童話描寫的是超自然的人物，以及他們的活動，主人公大都有變幻莫測的魔法和種種奇異的本領等，像《蛙公主》、《怪花園》、《飛行鞋》等，都屬於超人體的童話。擬人體童話的主人公多半是人類以外各種人格化的有生命或無生命的東西，它們有思想、感情、性格，能像人類一樣說話、行動，像《驢大哥》、《金龜》、《尋快樂》等。常人體童話的人物是普通人，但他們的性格、行動、遭遇都是極端誇張的，往往具有某種諷刺性或象徵性，像《海斯交運》、《一段麻》、《書呆子》等屬於常人體童話。這些多種多樣的表現形式，使茅盾的童話變得豐富多采。

然而，由於歷史的原因，以及茅盾本人當時世界觀和人生觀的局限，他那些童話的是非觀念、倫理思想上也存在一定問題。他的十七本童話的內容，有些選題也可能出於主編人孫毓修的旨意，用今天的目光來看，思想意識上是有問題的。如歷史題材的童話《大槐國》(1918 年 6 月初版)，書中寫主人公淳于棼「南柯一夢」醒來，嘆道：「看來人世富貴不過如此。」淳于棼「從此看破一切爭名奪利之心，消化到無何有之鄉去了。」又如《樹中餓》中羊角哀在至友左柏桃墓前自盡這個結局，表現了消極的人生態度。《千匹絹》和《負骨報恩》，渲染了封建倫理道德觀念。又如寓言《金盞花與松樹》文後，他寫了這樣一段按語：「在下還有幾句話道，凡人總有一個分際，身份高的和身份低的同在一起，是合不來的，身份低的再想和身份高的強爭，更是無益，須要估量著自己的力量，原諒別人的難處，若是一味倔強，終究是自己吃虧，金盞花和松樹一段故事，命意只是如此，看官不要看錯了才好。」這段宣傳順民思想的按語，是符合當時傳統的順民教育的，也反映了當時茅盾身上舊意識殘餘的一面。當然，這也不妨礙茅盾在這個大變動的時期作出正確的抉擇，他的思想正是在「五四」精神的醞釀、勃興和發展中直接孕育和形成的。而這些童話則具體體現了在一九一八至一九二〇年兩年中，他的思想發展過程，也體現出接受馬克思主義之前，摻和在茅盾思想中的雜質。

茅盾在《關於「兒童文學」》(1935 年）一文中這樣說過，「『五四』時代的『兒童文學運動』，大體說來就是把從前孫毓修先生（他是中國編輯兒童讀物的第一人）所已經譯過的或者他未曾用過的西洋的現成『童話』再來一次所謂『直譯』。」其實茅盾的創作實踐已經超過所謂『直譯』的水平，像一九二三年翻譯的世界優秀童話《皇帝的衣服》和《十二個月》，已屬於「五四時代的兒童文學」，是孫毓修所不能做到的。

茅盾編譯的童話，從編譯方法上看，可以歸納出兩種類型：一種是保持原作的故事和風格，不作大的改動；另一種是對原作進行加工，選取故事的主要情節和人物，改編成適合中國讀者閱讀的故事，茅盾把這一辦法稱之爲「西學爲用」、「中學爲體」。第一種方法，故事簡潔明瞭，開門見山，如譯自《格林童話》的幾種，故事一開頭就交代了地點和人物，然後直接展開故事，馬上把讀者帶到童話的意境之中，像《蛙公主》開頭寫道：「從前某國國王有位小公主，年才八、九歲，生得面如蘋果一般紅，髮如金子一般黃。有一天……」；《金龜》的開頭：「從前印度國裡，有個皇帝，叫做勃拉買，他的京城就在本那拉，是印度一個有名的城……」這樣的例子還有幾篇，讀者一看就知道，講的是外國的童話。第二種方法是經過改寫的，如前面提到的《尋快樂》，作者把它改編成中國故事，並在最後寫道：「勤儉越久，快樂越多，那快樂的味兒也越眞。諸位不信，要清早醒來之時，把一日所做的事，徹底一想，便見得此話不錯了。」又如《一段麻》，故事通過兩兄弟對一段麻的取捨，教育孩子要愛惜東西，即使是很小的一段線，也不要任意浪費，說不定什麼時候它還可以派大用場。在這一故事中，茅盾把它和中國古代朱柏廬的話聯繫了起來，他寫道：「《朱柏廬先生治家格言》中，有四句道得最好，說是『一粥一飯，當思來處不易，半絲半縷，恒念物力維艱。』此等老實話，竟是顚撲不破的，但人若不親自經歷過，還不能把這兩句話的意思，體會到十二分，在下，今把羅家兄弟的故事，說與看官一聽，看官聽完了這段故事，方知朱先生的話眞是有味。」在講述故事的行文中他還插上幾句道白：「看官須知做事沒恆心，原是小孩子的普通脾氣，不算什麼，不過隨他慣了，長大後便成輕浮躁率，不能忍耐之人，如此便一輩子沒有大用了，做父母的須要當心。」這種寫法，使翻譯作品的形式變得具有濃厚的中國白話小說風格，使讀者樂於閱讀，這是茅盾在編譯外國作品上的一個創造和特點。

他編纂以中國歷史故事爲題材的童話中，《樹中餓》這篇改變較大，較能說明他改編童話的特點。這個故事取材於《今古奇觀》中的「羊角哀捨命全交」。原作中有一段迷信、荒誕的情節，說左柏桃死後無意地被葬在荊軻墓旁，在陰間，荊軻說是破壞了他墓地的風水，爲此發生爭吵而動武，左柏桃抵擋不住，在夢中告訴羊角哀，羊角哀聽後即自刎而死，到陰間去相助，終於打敗了荊軻。茅盾改編了這段宣傳鬼神的情節，變爲安葬了左柏桃後，羊角哀見諸事已畢，尋思道：「我與左柏桃本爲楚王招賢而來，今觀楚王，不過浮慕虛名，未必眞能用賢，我一時不愼害了朋友，活著也無趣味，不如就此尋個自盡。」想完，立刻拔劍自刎。這一改編大大提高了原作的思想性，突出了左柏桃、羊角哀不爲一官半職，只爲報效國家的愛國主義精神。不過爲了保留「自刎」一節，而渲染了「士爲知己者死」的封建道德，這在今天當然是不足取的，但它是當時所要求的人生哲學，受時代局限，對此我們只能以歷史唯物主義的觀點辯證地看待。

茅盾改編童話的又一個特點，是在故事的開頭或結尾，用提示的方式點題。這有助於兒童理解作品的主題，使兒童讀物更淺顯易懂。如《海斯交運》，結束時道明：「編書人不怪海獅愚笨，只怪他貪心不足，見異思遷。第二，天下的事，終沒有十完十美的，只要自己有見識，有耐心，無事不可做到。」在《牧羊郎官》一文中，則開頭就交代說：「在下編這本童話，有兩層意思，一要叫看官們曉得立身的根本，並不專是念了幾句書，借此得一個官，就算完了事，須要有益於國家，有功於社會。二要叫看官曉得兩千年前，已有人從事實業，顯著成效，卻又揮金如土，屢次報效國家，一無所求，和近日的實業教育、國家主義相合，我們生當今世，安可反不如他。」

茅盾童話的語言特點，和孫毓修的童話一樣，開創了白話童話這個文學樣式，而且，他的童話比孫毓修的更加簡潔、平易、生動活潑，適合少年兒童閱讀。結束了過去文言「兒童讀本」的時代。雖然在前幾本童話中，語言上文言的成份較濃，但這是新文學產生時新舊交替的自然現象。從第一本童話《大槐國》到一年後編譯的《金龜》，再過一年後出的《飛行鞋》，在思想和藝術上都有很大提高。《飛行鞋》的譯筆流暢、文字生動，完全擺脫了過去舊文學作品的格調，在《金龜》中還有「按下……不講，且說……」這樣的句式，在《飛行鞋》中則已完全消除。

茅盾的十七本童話，我以爲可概括成這樣幾個特點：一、基本上採取「西學爲用」、「中學爲體」的編譯方法，使西洋童話通過編譯後具有中國風格；二、編纂的歷史童話，在取材上作了一些取捨和加工，意在突出教育意義；三、創造性地採用在故事開頭或結尾處加提示、插話，以幫助小讀者加深理解；四、創造性地把科學知識編織到童話裡；五、開拓了現代題材的創作童話；六、在語言上，早期作品中有文言向白話過渡的痕跡，但絕大部分作品運用了流暢的白話文。

這些特點說明，茅盾的童話既繼承了孫毓修童話的特點，又發展並超越了它。

繼十七本童話之後，茅盾在編輯《小說月報》的同時，又翻譯了兩篇童話，即《皇帝的衣服》（刊於《小說世界》週刊一卷三期，1923 年 1 月），《十二個月》（刊於鄭振鐸編輯的《鳥獸賽球》一書）。這兩篇童話被列爲《童話》

叢書第三集第二編。此後他也曾創作和翻譯過少年兒童題材的小說，但再也沒有創作和翻譯過童話。

茅盾童話的編譯、編纂和編著工作，主要集中在一九一八至一九二〇年，這正是茅盾從一個愛國的、革命的民主主義者轉變爲馬克思主義者的時期。因此他的童話，必然反映出這個時期的時代特徵和他本人的思想烙印。研究茅盾的童話，對研究茅盾早期思想的發展和他對中國現代兒童文學的貢獻，無疑是非常必要的。

三

茅盾從一九二四年九月開始研究神話和翻譯神話故事，當初在商務印書館出版的《兒童世界》週刊上連載的北歐神話和希臘神話，正是茅盾研究和介紹外國神話的開端。他自己曾經說：「二十二、三歲時，爲要從頭研究歐洲文學的發展，故而研究希臘的兩大史詩；又因兩大史詩實即希臘神話之藝術化，故而又研究希臘神話。彼時我以爲希臘地處南極，則地處北歐之斯堪的納維亞各民族亦必有其神話。當時搜集可能買到之英文書籍，果然有介紹北歐神話者。繼而又查《大英百科全書》之神話條，知世界各地半開化民族亦有其神話，但與希臘神話、北歐神話比較，則不啻小巫之與大巫。那時候，鄭振鐸頗思編輯希臘神話，於是與他分工，我編輯北歐神話。惜鄭振鐸後來興趣轉移，未能將希臘神話全部編譯。我又思，五千年文明古國之中華民族不可能沒有神話，《山海經》殆即中國之神話。因而我又研究中國神話。」（《神話研究》序）由此可見，茅盾是先研究希臘神話、北歐神話，然後再研究中國神話的。他的研究成果很多，在一九八一年出版的《神話研究》一書中基本上得到了匯集。

從一九二四年九月發表北歐和希臘神話故事開始，到一九二九年十二月客居日本，並完成《北歐神話 ABC》爲止，這五年多時間裡，茅盾在進行神話研究的同時，經歷了一場實際革命鬥爭的考驗，那就是一九二一年，他在上海作爲第一批馬列主義小組的成員參加了中國共產黨。他對自己生活道路上的重大轉折，曾這樣說道：「我也是混在思想變動這個漩渦裡的一份子，起先因找不到一個歸宿，可以拿來安慰我心靈，所以也同時感到了很深的煩悶，但近來我已找到了一個路子，把我的終極希望都放在彼上面，所以一切的煩悶都煙消雲滅了。這是什麼路子呢？就是我確信了一個馬克思底社會主義。」〔註5〕

〔註5〕1922年，紀念「五四」的一次演講，刊於《覺悟》1922年5月11日，題爲

一九二六年秋，他從上海到革命的發源地廣州，中山艦事件後受命回上海，國民政府遷到武漢時，又應召去武漢，「四・一二」後茅盾取道牯嶺秘密回上海，不久即去日本避難。在這白色恐怖籠罩的年代，他「把主要的時間和精力投入了政治鬥爭，文學活動只能抽空做了，」他白天幹革命工作，晚上則伏案研究神話，他夫人笑他「白天晚上是兩個人」。茅盾認爲「文學應該爲喚醒民眾而給他們力量」，這也是茅盾在從事革命工作時，仍不放棄文藝這個武器的原因。例如一九二五年，從來不寫雜文的茅盾，爲了反映「五卅」事變，寫了《五月三十日的下午》、《暴風雨——五月三十一日》、《街角的一幕》等文，〔註 6〕和敵人進行鬥爭，但與此同時他在研究神話。一九二六年茅盾在對廣州市中學生的一次講話中說：「希臘神話中普羅米修斯從天上偷了火種下來給人民，然後人民知道吃燒過的獸肉和魚類等等，然後知道把樹枝點燃起來，夜間也可以做事，住在山洞深處的原始人在白天也能做事了。火是人類文明的起源。」又說，「偉大的孫中山先生就是普羅米修斯，革命的三民主義就是火。」〔註 7〕這裡也可看出，茅盾把研究神話和革命有機地聯繫在一起了。

茅盾在一九二四年九月到一九二五年四月之間，譯述了希臘神話和北歐神話故事，以前雖也從希臘故事中譯述零星故事（如孫毓修的《點金術》），但畢竟很少。

茅盾選譯神話的目的很明確，他把增長知識、培養兒童具有高尚的道德情操放在第一位。他在第一篇希臘神話《普洛末修偷火的故事》的卷首寫道：「希臘神話極豐富優美，是希臘古代文學裡最可寶貴的一部分材料。我們現在讀著，不但借此可以知道古代希臘（有史以前的希臘）的社會狀況，並且可以感發我們優美的情操和高貴的思想。我們藉此可以知道古代希臘人的起居服用，雖然遠不及我們的文明，然而他們那偉大高貴的品性，恐怕我們還不及他們呢？」

茅盾在翻譯神話時，又總是把神話的來源，希臘神話和北歐神話的風格、特點，它們之間的異同作一一介紹。這些介紹豐富了知識，有助於讀者理解。這是茅盾譯述神話的特點。

《五四運動與青年底思想》。

〔註 6〕刊於《文學週報》1925 年第 177、180、182 期。

〔註 7〕茅盾：《我走過的道路》上冊，第 302 頁。

茅盾編譯了十篇希臘神話故事，即《普洛末修偷火的故事》、《何以這世界上有煩惱》、《洪水》、《春的復歸》、《番松和太陽神的車子》、《迷達斯的長耳朵》、《卡特牟司和毒龍》、《勃萊洛封和他的神馬》、《驕傲的阿拉克納怎樣被罰》、《耶松與金羊毛》。他對北歐的斯堪的納維亞民族的神話也作了開掘、整理和介紹，那就是《喜芙的金黃頭髮》、《菽耳的冒險》、《亞麻的發見》、《芬利思被擒》、《青春的蘋果》、《爲何海水味鹹》，共六則。這些神話故事表現了人類與自然作鬥爭時「借助想像征服自然力，支配自然力，把自然力加以形象化」（馬克思：《〈政治經濟學批判〉導言》）。

茅盾介紹神話時，基本上採用譯述，即保持原作的內容和精神，同時又有一些新的創造和新的提法作爲補充。如在《何以這世界上有煩惱》的故事末尾，茅盾寫道：「所以照希臘古人的說法，煩惱到了世界上，雖然給人類許多痛苦，但是希望跟著也來，幫助人類戰敗了煩惱，重生新精神，奔赴將來的鵠的。人生得煩惱的，但希望像半空中一盞明燈，永遠指示人以快樂的將來的大路，使得我們多經一次煩惱，便加深一層對於將來的信託！」如在《洪水》一文中，茅盾說：「總而言之，當這時候，愈強暴愈凶惡的人們，就愈得勢，善良和平的人們愈受人欺侮。同是一樣的人類，這時候就分出階級來。地上處處有戰爭，時時有流血；空氣裡都布滿了殺聲、哭聲、嘆息聲，這時候，人類的生活簡直痛苦極了，不但比不上黃金時代，白銀時代，就與黃銅時代比起來，也有天淵之別，所以叫做黑鐵時代。」這些哲理性的總結和介紹，對小讀者理解作品有一定的幫助，也加深了作品的主題。

茅盾在神話研究和介紹方面的貢獻是令人矚目的，他從歐洲神話的礦藏中開採出材料，而後冶煉成適合兒童口味的作品，給他們以知識和美的享受。

四

茅盾反映兒童生活的小說有中篇《少年印刷工》、短篇《阿四的故事》、《大鼻子的故事》、《兒子開會去了》、《列那與吉地》等。他的兒童小說主題鮮明，富有教育意義，善於通過對作品主人公坎坷命運的描寫揭示孩子們在舊時代的苦難。這些作品既是供孩子們閱讀的，也是作者對大多數孩子在舊中國的不幸遭遇表示同情和控訴，呼籲整個社會來關心他們的成長。

他的《大鼻子的故事》寫了一個因被日本侵略者的飛機轟炸而失去雙親和家園、流落在上海馬路上的小癟三。作者懷著深切的同情，注視著在社會底層過著非人生活的窮孩子，他寫了他們在生活逼迫下染上的壞習慣，也寫了他們心靈純潔的一面。「大鼻子」最後走上了反對日本帝國主義的示威遊行行列。「大鼻子」是一個典型人物，「九．一八」事變後，無數人在國統區的飢餓與貧困中掙扎，孩子們的命運就更悲慘，據說當時這類流浪街頭的孩子，上海有三、四十萬之多。《大鼻子的故事》實際上就是描繪了這樣一幅現實生活的圖畫。

《少年印刷工》的時代背景也是抗日戰爭年代，書中主人公趙元生是個十五、六歲的少年，他聰明、懂事，在學校讀書時成績很好，因爲戰爭，他不得不離開學校去廠裡當學徒工。他出於對日本侵略者的義憤，決心「要做一個救國救民的大丈夫，死也不做亡國奴！」最後他學會了不少本領，懂得了許多道理，準備迎接新的生活。茅盾在作品中描寫孩子們的不幸時，不僅寄予同情，更多的是鼓勵他們站起來，靠自己的雙手去創造幸福的明天。在《少年印刷工》中，他還借趙元生之口，向小讀者介紹世界上第一個社會主義國家，說：「在這一個國家裡，一個工人有時間讀書，也有專門供給他求知識的許多設備。在這個國家裡，一個木匠如果被發現了有音樂的天才，國家就擔任費用，使他去專門習音樂，因爲在這國家裡，凡是做工的人，上面是沒有專給自己的錢袋打算盤的老板的。」「哦哦，那是不是蘇維埃俄羅斯？」在當時情況下，能這樣直率、明白地提到列寧創建的社會主義國家，是需要勇氣和膽量的！在這一作品中還寫到了印刷秘密報紙，以及主人公趙元生閱讀這一報紙紙型的情節，大膽指出，在這黑暗現實的彼岸，有一個令人嚮往的爲眞理而鬥爭的世界，以鼓勵少年們勇敢地向它邁進。茅盾寫這部小說還有一個意圖，即「提倡科學知識乃是一個知識中之最基本的」，他把造紙、印刷等各個生產環節在小說中加以穿插，使少年兒童閱讀小說時對這些生產過程有一個了解。《少年印刷工》長約五、六萬字，在夏丏尊、葉聖陶主編的《新少年》上連載，由於是寫一段發表一段，所以遇到生病和其他原因，寫作往往不能如期完成，結果草草收兵，他自己也覺得不滿意，以至後來始終沒有出單行本或結集出版。不過今天我們再重讀這一作品，依然覺得其藝術感染力很強，而其中譴責侵略戰爭的筆觸，更給人留下深刻的印象。

茅盾創作的兒童小說具有鮮明的兒童文學特點。首先是人物形象鮮明、性格突出，他的小說主人公，大都是處在社會底層的孩子，如阿四（《阿四的故事》）是農村貧苦孩子；大鼻子（《大鼻子的故事》）是城市中的流浪兒；趙元生（《少年印刷工》）是城市裡的一個學徒；還有阿向（《兒子開會去了》），是出身知識份子家庭的一個中學生。這幾個人物均是十一、二歲的少年，由於他們所處社會環境各異，人物個性也不同，如農村孩子阿四，連生病躺在床上也無人過問，他父親甚至還認爲「死了倒乾淨」。深重的階級壓迫使阿四具有強烈的反抗心理，對於「吃大戶」「扒祖墳」之類感到痛快。「大鼻子」是在城市中過慣流浪生活的孩子，相對說來比較近於狡猾，甚至還沾有偷竊等壞習氣，但是他也有著「被壞人打的是好人」這樣簡單、樸素的觀念。趙元生則出身於破落的小商人家庭，讀過中學，有一定文化，學習技術比較快，他雖樸實但又有喜歡幻想的氣質，他肯吃苦，自信，有自立奮鬥的精神。作家的兒子、中學生阿向，和上面幾個人物又不同，他在父母面前表現出矜誇，富有孩子氣的高興，過著無憂無慮的生活，但他又想著更大的事：去參加集會，去喊口號。茅盾筆下這些少年雖然都有不滿舊社會、反抗舊社會的共同思想，但他們各不相同的個性，使人物有血有肉，栩栩如生。即使描寫兩條狗的《列那與吉地》，也是頗有特點，列那、吉地是茅盾在新疆時養的兩條狗的名字，通過日常的觀察，他細膩地描寫了這兩條狗，使人讀來如聞其聲、如臨其境，差一點要笑出聲來，小說的語言明快、簡潔、生動，充分表現了這位語言大師的功力。

創作兒童小說是茅盾整個文學創作的極小部分，它並不比創作成人看的小說簡單，正如茅盾自己所說：「兒童文學不好寫」，但他還是寫出了不少膾炙人口的兒童小說。

五

「五四」時期的兒童文學是從翻譯和改寫起步的，茅盾早期的兒童文學評論和它有著互爲因果的關係。

一九二一年初茅盾接手改革《小說月報》，新闢了一個欄目——「海外文壇消息」，由他一人撰寫。那是需要在翻閱大量進口新版圖書及有關報導後，才編摘而成條目的，這個欄目在當時曾受到讀者的歡迎，直到一九二四年夏，從未間斷過。鄭振鐸擔任《小說月報》的主編後，此欄目繼續由茅盾編寫。茅盾曾借助這塊園地對海外兒童文學作過二次簡要評論。在《神仙故事集匯志》一則裡，介紹了捷克斯拉夫、波蘭、印度、愛爾蘭的神話七種，對它們一一作了比較和評介。在《最近的兒童文學》一則裡，介紹了以英文爲主的許多兒童文學篇目，茅盾把這些篇目分成兩類：給較小孩子看的和較大孩子看的；給較大孩子看的，又分爲給女孩子看的，與給男孩子看的。茅盾認眞地作了這一分類工作，對每本書的內容和作者都有精到的評述。他要求自己力求做到「每一個短篇都富有實際的價值和文學趣味」，「描寫得非常美麗而又無處沒有科學的根據。」

由於繁忙的實際革命工作和文學創作活動，致使茅盾在較長時間內沒有從事兒童文學的編撰和評論。直到「左聯時期」，兒童文學作爲無產階級文學的一翼而受到重視，茅盾才連續發表《連環圖畫小說》、《給他們看什麼好呢？》、《孩子們要求新鮮》、《論兒童讀物》、《怎樣養成兒童的發表能力》等文章，針對兒童讀物的出版情況和問題，發表了系統的意見。他對五四時期到三十年代的兒童文學作了肯定，然後又指出「拚命地向後轉的趨勢」，以及在內容上有不衛生、貧乏、書商們粗製濫造的「毒物」，「像黃河決口一樣向孩子們滾去」等。茅盾在發表評論文章的同時提出了解決辦法：「一是，熱心兒童文學的朋友聯合起來，研究他們的譯著何以不受兒童的熱烈喜愛。二是，選定比較『衛生』的材料，有計劃地編與譯，但無論是編或譯，千萬不要文字太歐化。」他還擬定了一個以歷史和科學爲題材的詳盡編輯計劃，從內容到體裁均有具體的主張。茅盾在《兒童讀物》一文中說：「我常常這麼想：兒童的求知慾跟著年齡而發展，所以十一、二歲的兒童假使不是低能的，就對於純文藝的讀物感到單調了；而在文藝讀物中，他們又喜歡歷史的題材，同時他們的好奇心也發展到了合理的程度，對於宇宙萬象和新奇事物都要求合理的科學的解釋，他們不再相信神話中的事物起源的故事，他們扭住了母親，要他『說眞話』了！可是要滿足兒童的歷史興趣和說眞話的要求，並不容易。太歷史性了，他們嫌枯燥；太科學了，他們聽不懂。必須在歷史與科學的實質上加以文藝的外套，才能使兒童滿足。」從這段話中可以看出，茅盾主張從兒童的特點、需要和接受能力出發，既考慮到內容，也考慮到形式，注意對少年兒童的全面培養。他這些對繁榮兒童文學具有重要作用的闡述，在今天仍有現實意義。

教科書是兒童教育的工具，但當時書商們不顧質量，廉價傾銷，教員們也不辨優劣，拿來當課本，貽誤子弟。對此，茅盾除及時指出外，又極爲推崇葉聖陶編的一部小學國語課本，他認爲這套書以「發展兒童的閱讀能力與發表能力爲目標，尤其對於文體的收納，主張兼容博採，而且各篇須是各體的模式。」他說：「這一目標，無論如何不會錯，而且一定要能多方面的發展它！」其實這也是茅盾對兒童教育在理論上的評述。

一九三二年十月魯迅在《連環圖畫「辯護」》一文中說：「連環圖畫不但可以成爲藝術，並且已經坐在『藝術之宮』的裡面了」，茅盾是很同意這一觀點的，他認爲對連環圖畫的「內容毒素」要進行批判，而其「形式確是很可以採用」，「因爲那連環圖畫的部分不但可以引誘識字不多的讀者，並且可以作爲幫助那識字不多的讀者漸漸自習的看懂了那文字部分的階梯。這一種形式，如果很巧妙地應用起來，一定將成爲大眾文藝的最有力的作品。無論在那圖畫方面，在那文字的說明方面，都可以演進成爲『藝術品』！而且不妨說比之德國的連續版畫還要好些。」茅盾對當時泛濫成災的連環畫作出了正確的分析和引導，不僅有利於廣大群眾，更有利於少年兒童，因爲佔人口絕大多數的貧民的孩子，都喜歡在街頭巷尾的連環畫書攤旁津津有味地閱讀。

一九三五年定了所謂「兒童年」後，「向兒童們說話的刊物多得很，教訓呀，指導呀，鼓勵呀，勸諭呀，七嘴八舌，如果精力的旺盛不及兒童的人，是看了要頭昏的。」（魯迅：《且介亭雜文》「難答的問題」）對此，茅盾從不同的角度寫了三篇評論文章，在《關於兒童文學》一文中，對中國兒童文學三十年來的發展歷史和現狀作了清楚的勾勒，並對「不能令人滿意」的現狀提出新的設想。又在書報雜評《幾本兒童雜誌》一文中，從十二種兒童雜誌裡挑選出六種進行評述，有褒有貶，分析精闢，令人信服。他在《再談兒童文學》一文中，對凌叔華的《小哥兒倆》等五篇作品進行了介紹和評述。

茅盾在兒童文學批評方面的標準，歸納起來有這樣幾點：一、作品應具有教育內容，要剔除那些「很糟」，或「實在是一堆垃圾」的東西；二、兒童讀物的文藝性在於「教訓應當包含在藝術的形象中」，反對「故事化的格言或勸善文」，要「避免平淡的『講義式』的敘述！」；三、「我們的這時代的特點是和時間賽跑」，作品要有「新花樣」，「要吸引兒童們的眼光和想像朝著『將來』」。他對兒童讀物的要求曾經概括地說，「要明快、扼要、有趣，又要觀點正確。這是兒童讀物作家們應當用最大的努力爭取的。」（見《不要你哄》）這段期間中，茅盾的兒童文學理論體現了當時文學革命的要求，富有時代特徵。

抗日戰爭時期，茅盾輾轉來到內地，目睹在侵略者炮火下飽受災難的兒童，他悲憤地寫下了《我們對兒童給了些什麼？》，他在文中大聲疾呼：「我們要撫心自問，我們曾否給了他們什麼？我們曾否爲他們做了些什麼？我們曾否爲他們的繼續我們的腳步準備了些什麼？」「我們沒有給他們什麼好的，但是壞的，我們卻有意無意地給了不少！」接著他提出了如何在抗戰時期做好兒童教育工作的三點意見：一、要立即擴大並充實戰時兒童保育運動；二、立即動員全國文化人精心給兒童們「精神食糧」；三、科學地保育兒童，合理地教養兒童。

一九三八年一月，茅盾、適夷、葉聖陶三人主編的《少年先鋒》，在漢口創刊，茅盾在創刊號上撰文說：「我們多活幾年的人，義不容辭地給小弟弟小妹妹們一點精神上的食糧，當然不敢怎樣滋補，然而極力要好，要消毒，這是我們的目標。」這些赤誠的語言，表現出茅盾對少年兒童的熱愛和他的兒童文學觀。他在重慶時寫的《從〈有眼與無眼〉說起》一文中，又提到「提倡科學知識乃是一切知識之中最基本的，尤其對於小朋友們。」在香港出版由他主編的《筆談》上，他對高士其的科學小品《科學先生活捉小魔王的故事》和《菌兒自傳》寫了兩篇評論，加以讚許。

一九四九年，新中國誕生後，我國千千萬萬的少年兒童從此告別了苦難歲月，出任新中國文化部長的茅盾對他們的精神食糧就更關心了。他曾多次對兒童文學的方針和任務作出全面、系統的指示，對社會主義兒童文學發展中的不良傾向及時加以批評。一九五六年，在「百花齊放、百家爭鳴」的方針指引下，兒童文學出現了繁榮景象。在我國第一座專門爲少年兒童演出的劇院——中國兒童劇院成立大會上，茅盾發表了熱情的講話，他說：「中國兒童劇院的建立，標誌著中國兒童戲劇事業已經從一個新的起點邁開了第一步！道路是長遠的，任務是艱鉅的，要求我們兢兢業業、勤勤懇懇、堅毅勇敢地去完成。」以後，當受到「左」的思潮干擾時，茅盾寫了《六〇年少年兒童文學漫談》，他爲寫這篇文章，幾乎翻遍了一九六〇年前後的全部兒童文學作品，這篇論文長達二萬字，用馬克思主義觀點對當時兒童文學理論和創作上的問題提出了批評，指出絕大部分作品是「政治掛了帥，藝術脫了班，故事公式化，人物概念化，文字乾巴巴。」他對當時批判「兒童本位論」、「童心論」、「兒童文學特殊論」等問題，也有自己的正確見解，茅盾認爲，對資產階級兒童心理學進行批判是必要的，但不要「潑掉盆中的髒水卻連孩子都扔了。」在過了十幾年後寫的《中國兒童文學是大有希望的》一文中，又說到「關於兒童文學的理論建設也要有個百家爭鳴。過去對於『童心論』的批判也該以爭鳴的方法進一步深入探索。」「不要一棍子打死」。茅盾在兒童文學方面的主張、觀點、批評和評論，充分體現出他在兒童文學方面所起的指導作用。

以上種種是對茅盾在兒童文學方面的貢獻的粗略分析和評述。

茅盾是我國著名現代作家，如時又是我國兒童文學的開拓者之一，他爲我國兒童文學的誕生、發展和繁榮灑下過無數汗水、灌注過大量心血，他在這方面作出努力的時間之長，涉及面之廣泛，可說是現代作家中少見的。他從踏上文壇之始，便從事兒童文學譯著，直到暮年還在關心少年兒童，他爲少年兒童譯著的作品涉及到兒童文學的各種樣式，他對下一代充滿了赤誠之愛，粉碎「四人幫」後，他曾欣喜地歡呼少兒文學的春天來到了！

現在，我國的兒童文學又進入了一個新的繁榮時期，而對這絢麗多姿的百花園，我們情不自禁地想起這位先驅者的業績，緬懷他對兒童文學事業所作出的豐碩貢獻！

孔海珠

一九八三年四月於上海社會科學院文學研究所

（原載《茅盾和兒童文學》，少年兒童出版社 1984 年 11 月版）

新版後記

時間過的眞快，離開這本小書出版忽忽已經過了二十八個年頭。當時意氣風發的中年，不可阻擋地進入了老年狀態。似乎在以懷舊的心態翻出書箱底下僅存的這本小書，是慶幸當年有這麼本小書存在呢？還是後悔當年沒有把這本書繼續寫下去？本來我是有這個寫下去打算的。

記得 1983 年該書出版後，日本研究茅盾的漢學專家松井博光先生，曾建議我將此書交與他們譯成日語。我婉拒了，我說這本書太薄了，還是等以後再說吧。他理解。然而，卻始終沒有繼續寫下去，成了空話。現在，二十八年過去了，以後也不可能有續寫這麼一回事了。想也不必想。然而，有這本書總比沒有好，那怕是一本小書，當年我們是化了力氣認眞寫的。

1981 年初，承湖南文藝出版社的黃仁沛先生好意向我們組稿，寫這個題目是王爾齡先生和我共同商定的。緣於茅盾故鄉發現他少年時期《文課》這份新材料。當時傳主的《我走過的道路》陸續發表時，還不知《文課》的存在，這些舊文的新發現可供後人研究，彌足珍貴。於是萌想撰寫傳主求學時代經歷並溶入史實背景的想法。原以爲比較好寫，卻涉及到方方面面的考索問題，不能掉以輕心，經過了一年的努力才交稿。等到該書面世時，茅公已經去世，我把新書寄給茅盾的兒子韋韜和葉聖陶的兒子葉至善先生等等，請他們指正，得到了他們的好評。

葉至善給我來信中說：

> 眞不好意思，上回收到了您的《茅盾的少年時代》，我還沒有道謝，一個星期前又收到了您父親的文集。兩本書，我都從頭到尾讀了一遍，所以遲遲作覆，就是想把讀後感告訴您。前一本讀完後，

不知當時忙些什麼，擱了下來，現在只記得您的寫法是很可取的，把研究所得和自己的見聞，跟茅盾先生的回憶揉合在一起，既信實，又不枯燥。如果我將來有可能寫父親的傳記，大致也是這樣的格局。您父親的文集引起我極大的興趣。我還記得他當年的模樣……

信中，至善大哥（寫信時我這樣稱呼他）所記的書名有誤，其實大致意思相同。他對這本小書有這樣的評定，我們很受鼓勵。以後，我的寫作路子基本也是這樣做的。

韋韜哥的來信寫得很長，他在做父親寫作回憶錄的助手。原文抄錄如下，也是對他去世不久的一個紀念。他說：

海珠、爾齡同志；

您們好！收到《茅盾的早年生活》多日了。最近拜讀一遍，十分欣喜。論述茅公童年、少年時代的文章，我陸續看到一些，但像大作這樣的連貫，系統地論述茅公早年生活的書，還是第一本，而且是相當成功的，讀者可以清晰地看到少年茅盾的成長。

爲寫這本書，你們搜集了大量的材料，而且作了精到的分析和考證，使人敬佩。可惜印數太少，書店中見不到。假如你們手邊尚有多餘的，能否再寄我五本？以便珍藏並供其他需要這方面材料的同志。

大作中有一點需要再斟酌，即茅公小學畢業的時間，及與此相關的兩本《文課》寫作的年代。在《回憶錄》中把小學畢業定在1909年夏，這個回憶有誤，當時是根據秋季始業來推算的，未作詳細的考覈。後來查明，把學制改爲秋季始業在辛亥革命以後，1912年才開始的，在1909年還是春季始業。因此茅公小學畢業在1909年冬，1910年春考入湖州中學，在湖州中學學了一年半，轉入嘉興中學學半年，又轉入安定中學學了一年半，因學制改變，故提前半年於1913年夏畢業。

在寫回憶錄時，《文課》尚未發現，故《回憶錄》中未提到。《文課》的一冊已注明是作於1909年上半年，另一冊未注明作於何時，估計可能或在1908年下半年或是在1909年下半年，下半年更有可能。爲尋找更可靠的證據，我託烏鎮的同志查找1909年舊曆十月間是否有過一次月蝕，因爲茅公那時寫過一篇月蝕的作業。得到的答

覆是那年舊曆十月有過一次月蝕。這就證實二冊《文課》都寫於 1909 年，都是這一學年的作文。〔註 1〕

現在《茅盾全集》已據此作了修正。

至於避帝名諱的理由，文中所舉《禮器言禮者體也，祭儀言禮者覆也……》一文，從寫作的時間來推算，已經是在宣統即位之後，宣統即位於 1908 年舊曆十月二十一日，而上文則作於舊曆十一月間，已在學期結束之前。如以「避名諱」為由推算寫作年代，則 1908 年也不對，應是 1907 年，這當然說不過去，所以只能推想當時的小學生作文，對避名諱還不那樣認真。

這個問題，因牽扯到大作中的不少內容，故多說幾句，請參考。

聽說爾齡同志處保存有茅公的書信，《茅盾全集》將編入書信卷，不知爾齡同志能否將信複印一份寄我？

又，近得悉海珠手頭保存有茅公給施蟄存、吳文祺等同志的書信，也望複印一份給我，以便「全集」不漏掉這部分材料。

匆匆寫了幾頁，想到什麼就寫，雜亂潦草，請見諒。

向你們拜個晚年！ 祝

文安！

韋韜　二月三日

從來信看，韋韜是認眞地讀了這本書的，他提出討論的問題很具體、很細化，經過他深思考證而得出的定論，由此來修訂《茅盾全集》是不會錯的。我們很佩服。他的責任很重。

這次，中國茅盾研究會發起將八十年來的茅盾研究成果集中推出，由臺灣花木蘭文化出版社承印整套叢書。最初徵集書稿時，我將 1982 年少年兒童出版社出版的《茅盾和兒童文學》寄到北京，這是我第一本結集出版的專書，其中新發掘了茅盾最早的有關兒童文學的作品，是茅盾有關兒童文學作品的第一次最新成果的結集，以當時來說，其文獻史料價值可想。所以，茅公親自審核了書目，題寫了書名給以鼓勵。該書還附錄了我撰寫的長篇論文《茅

〔註 1〕關於《文課》中的月蝕文題，可作此冊作年的考證，而 1908 年並無月蝕，次年則有之；這一天文現象，我曾函請南京天文台查明，蒙覆確在 1909 年夏曆十月有過月蝕，1908 年無月蝕現象。但在 1908 年有月蝕傳聞，我見過當時一本筆記（惜未記下書名），其中提到過那時的傳聞；或是傳聞說早了一年，或是傳聞失實。我仍姑且把該冊《文課》繫於 1908 年，不作改動，以待續考。

盾對中國兒童文學的貢獻》。然而，這本書顯然不是專著，不能列入這套研究叢書之中。當我從茅盾研究會錢振綱會長處明確地知道這個消息時，叢書已經截稿。錢會長好意地提出將這本《茅盾的早年生活》列入該叢書之中，而且，花木蘭文化出版社楊嘉樂女士請示社長後允諾此事，熱情邀請。於是才從書箱底下翻出這本初版只印三千冊的書來。

本書是王爾齡先生與我的合著。以他的豐富學養帶領我進入研究狀態，增加了我探索的勇氣，尤其書中的某些章節涉及前清學制、小學作文等等，只有仰仗這位老夫子才能考訂完成。全書的風格也幾經考慮，「以傳述爲主，間或作些考證，以求彰明史實。」也是頗費心思的。所以，我們在《後記》中歎道：「雖然只是一本小冊子，也斷斷續續經歷了一年時間；其間的一番甘苦，恐怕用得著一句成語了：如魚飲水，冷暖自知。」

這本合著的書，王爾齡先生出力甚多，然而他謙謙然君子風範，把我的姓名列在著作者的前面，現在回想起來仍歷歷在目，溫暖在心。當我們一同去烏鎭實地考察，一同查閱歷史文獻資料，一同訪問鄉親故里，討論文字取捨……這些甚爲愉快的同事合作經歷，以後，再也沒有遇到過。

此次新版，悉存初版舊文，不作改動。增加一些附錄文字和照片，或可避免過於貧乏之誚。

甲午春節前夕，我們上海社會科學院文學研究所新老同仁聯歡，正好可以向王先生請教此書新版事宜，商定增加附錄部分，增加照片。說到當年（1983年春）由王先生寫的《訪茅盾故鄉》一文中的情景，與現在大不一樣了。首先，交通便捷多了，那時我們倆從桐鄉坐兩小時輪船才到烏鎭；現在公路四通八達，半個小時即可通達，如刻意要坐船大約連影子也見不到了。當時我們看到的烏鎭遠還沒有開發成旅遊景點，茅盾故居也沒有修繕，住在裏面的居民也沒有搬遷，那小小的天井的地上濕濕的，大約邊上還有一口井。兩層回形的房子，我站在天井門口看是那麼壓抑、暗淡，陽光似乎終日照不進來。印象深刻。我們還去鎭上探尋遺存的古蹟：唐代銀杏，昭明太子讀書處，立志書院等等，才知家鄉深厚的文化底蘊。雖則青少年時曾回家鄉多次，都是父親帶領，目的在祭掃祖墓，踏訪孔家花園，或作探親訪友的跟隨，對於鎭上的文物古蹟並不關心。這次，由孔家前輩帶領，看到最多的是樸素的民風和平靜的古鎭。最爲興奮的是聽到高亢的鄉音，彷彿父親的話音在耳畔回響……。如今引導我們參觀的前輩公公也已作古多年，不禁唏嘘。

自從 1997 年筆者父親孔另境的紀念館在烏鎮西柵落成，曾邀請王爾齡先生參加開館儀式，重訪茅盾家鄉。最可感歎的變化是烏鎮已成爲旅遊熱點，遊客如過江之鯽。接下去桐鄉市規劃不單造就一個烏鎮，正在把桐鄉打造成全國的旅遊大市而努力。王先生讓我寫一下新的烏鎮變化，我想還是留待來日吧，就此打住。

孔海珠 2014 年春節前夕